蒙哥马利作品精选 8

# 海滨恋曲

Tales by the Sea

（加）露西·莫德·蒙哥马利[著]

李常传[译]

21 二十一世纪出版社集团
21st Century Publishing Group

全国百佳出版社

**图书在版编目（ＣＩＰ）数据**

海滨恋曲 / (加) 露西·蒙哥马利著 ; 李常传
译 . -- 南昌 : 二十一世纪出版社集团 , 2017.3 (2022.4重印)
（蒙哥马利作品精选）
ISBN 978-7-5568-0203-6

Ⅰ . ①海… Ⅱ . ①露… ②李… Ⅲ . ①儿童小说 – 长
篇小说 – 加拿大 – 现代 Ⅳ . ① I711.84

中国版本图书馆 CIP 数据核字 (2017) 第 043826 号

**海滨恋曲**　　　　　　　　　（加）露西·莫德·蒙哥马利［著］　李常传［译］

| | | |
|---|---|---|
| 策　划 | 张秋林 | |
| 责任编辑 | 刘　刚　敖登格日乐 | |
| 出版发行 | 二十一世纪出版社集团（江西省南昌市子安路 75 号　330025） | |
| | www.21cccc.com　cc21@163.net | |
| 出 版 人 | 张秋林 | |
| 经　销 | 新华书店 | |
| 印　刷 | 三河市人民印务有限公司 | |
| 版　次 | 2017 年 10 月第 1 版　　2022 年 4 月第 2 次印刷 | |
| 开　本 | 880mm × 1260mm　1/32 | |
| 印　张 | 6 | |
| 字　数 | 119 千字 | |
| 书　号 | ISBN 978-7-5568-0203-6 | |
| 定　价 | 19.00 元 | |

赣版权登字—04—2017—176

凡购本社图书，如有缺页、倒页、脱页，由发行公司负责退换。服务热线：0791-86251207

# 序

曹文轩

何为上乘小说？

可能会有各种各样的评价标准，但无论如何，大概总要承认，它之所以称得上上乘，最重要的标志就是它塑造了一个乃至几个永不磨灭的形象。作为一部穿越了时空，在今天，在世界的任何一个地方都会熠熠生辉的作品，蒙哥马利的"安妮的世界"系列为世人塑造了一个叫安妮的女孩的形象。这个形象，始终占据世界文学长廊的一方天地，在那里安静却又生动无比地向我们微笑着，吸引我们驻足，无法舍她而去。从阅读"安妮的世界"系列的第一本《绿山墙的安妮》开始，就注定了在掩卷之后我们要不由自主地回首张望，向那个让人怜爱的孩子挥手，再挥手。我们终于离去，山一程，水一程，但不知何时，她却悄然移居我们心上，在今后漫长的人生岁月中，不时地幻化在你的身边，就像她总也离不开风景常在的"绿色屋顶"一样。她的天真纯洁，会让你感动，会让你的灵魂不断得到净化；她柔弱外表之下的那份无声的坚韧，会让你在萎靡中振作，让你面对困难甚至灾难时，依然对天地敬畏，对人间感恩。这个脸上长着雀斑、面容清瘦、一头红发的女孩，是你的"绿色屋顶"，而你也是她的"绿色屋顶"。一个形象能有如此魅力，可见这部塑造了她的作品在文学史上举足轻重的地位。

有一些作品，即使是一些被文学史家和批评家们津津乐道的作品，我们阅读它们时总是很难进入，它们仿佛被无缝的高墙所围，我们转来转去，还是无门可入，只好叹息一声，敬而远之。即使勉强进入，总有一种挥之不去的距离感，读完最后一页，我们依然觉得那书在千里之外冰冷着面孔，像尊雕塑。阅读《绿山墙的安妮》却是另样的感受——说不清的原因，当年我在看到书名时，就有了阅读它的欲望。看来，一部书有无亲和力，单书名就已经散发出来了。接下来就是流畅的毫无阻隔的阅读。这部书是勾魂的。它以没有心机的一番真诚勾着你。它在叙述故事时，甚至没有总是想着这书究竟是给谁读的，作者只是把心中想说的话说出来。这是倾诉，也是亲和力产生的秘密：倾诉就是对对方的信任，这时，你与对方的距离感就消逝了——所有的人都是喜爱听人倾诉的，因为那时他有一种被信任感。蒙哥马利的作品大都带有自传性，是在说她自己的故事，现在她要把它们诚心诚意地讲出来。我们在听着，出神地听着。

除了《绿山墙的安妮》系列之外，蒙哥马利还写了一个叫艾米莉的女孩成长的故事。

同安妮一样，艾米莉也生活在风景如画、民风淳朴的爱德华王子岛；有着阳光般美好的性格和浪漫的情怀；也爱幻想，幻想使她的精神世界异彩纷呈，使她在绝望中看到了生路。而艾米莉对写作的痴迷和追求更像是蒙哥马利本人。当伊丽莎白阿姨让艾米莉放弃写那些无聊的东西时，她说："我是不能放下写作这件事情的！因为，我的身体里面流有那种爱好写作的血液。"正是这种对写作强烈地热爱，使艾米莉的人生更加丰富生动，最终成为当地人人皆知的作家。

还有，就是它的无处不在的风景描写。离开风景，对于作者来说，几乎是不可想象的。

今天的小说，很难再看到这些风景了，被功利主义挟持的文学，已几乎不肯将一个文字用在风景的描写上了。"艾米莉的世界"也离不开风景，离开风景，就会失去生趣，甚至生命枯寂。艾米莉说："有生命的礼物最叫人感到高兴！"她有很多朋友，有猫咪麦克和索儿、有呼呼叫的风姨、"亚当和夏娃""松树的公鸡"，以及温柔宜人的桦树太太……万物有灵，一切都是她生命的组成部分。她是自然的孩子，自然既养育了她，也教养了她。

无论是安妮还是艾米莉，她们的人生称得上是完美而理想的人生，她们是我们所有愿意更好地活着的人的榜样。

# C目 录
**Contents**

# 梦幻的少女

"罗杰啊！如果你有老婆该多好。"凯瑟琳·爱蜜丝说，"我这个老太婆干起活儿来已经力不从心了。我已经七十岁了，一旦我撒手人寰，谁来照顾你呢？你就快娶一个老婆吧！我看，你非娶不可了！"

罗杰·邓甫感到有些狼狈。姨妈刺耳的声音，每次都会触到他敏感的神经。事实上，他也喜欢凯瑟琳姨妈；不过，姨妈的声音叫罗杰感到——世上哪会有这种叫人起鸡皮疙瘩的声音呢？罗杰不禁苦笑起来。

"凯瑟琳姨妈，有谁愿意跟我结婚呢？"罗杰问。

听了这句话，凯瑟琳有如受到非难一般，隔着餐桌盯着她的外甥。说真的，凯瑟琳打心眼儿里爱着自己的外甥，但她从来不会对他的缺点视而不见。凯瑟琳是一根肠子通到底的人，不管是自己的事情，还是别人的，她向来都直言不讳。

罗杰是一个血色不良、其貌不扬、个子矮小的男子，而且走路时一条腿略微拐着，一个肩膀比另一个肩膀高一些——学生时代，同学们都称呼他为"锅底的邓甫"。直到今天，那个诨号仍然存在。

其实，罗杰有一双很美丽的灰色眼睛，可那种做梦似的眼光，使他帅气的面貌带上了令姑娘们不敢领教的神情，常使女孩们退避三舍。

其实，以男人来说，容貌并非十分重要。就以史提夫·米勒来说，他不仅长得丑陋，脸上还遗留了很多天花的痕迹，却娶了全沙斯贝最标致伶俐的姑娘。不过，史提夫很富有，罗杰却一贫如洗；而且看样子，他会一直穷下去——他所耕种的是一片充满了石砾的小农场。

罗杰的爷爷、父亲一辈子流着汗水耕种田地，也只能过着最一般的生活。况且，天地的创造者并不叫他成为成功的农民。罗杰没有耕耘的力气，对于"日出而作，日落而息"的农民生活也毫无兴趣。他向往读书人的生活方式。

虽然凯瑟琳姨妈认为罗杰成婚的几率很低，但她认为不该叫外甥失望，罗杰最需要的是鼓励。

"只要你的要求不高，总有人愿意嫁给你的，"凯瑟琳姨妈爽朗而大声地说，"那些急于成家的姑娘一定会嫁给你的。不过，你最好别想年轻貌美的姑娘。那种花瓶似的女孩绝对不会嫁给你，就算肯，你也绝对不可能有好日子过的。你的爷爷就娶了一个非常漂亮的姑娘，但只能当成花瓶使用，其他什么用处也没有！她半辈子都在生病，也不喜欢做庄稼活。

"我说罗杰啊！你可要娶一个健康勤劳的女孩哦！只要她禀性勤劳，就算你吟诗自乐，她也不会有所抱怨，只会心甘情愿地做庄稼活！这不就是你的期望吗？我看，打铁要趁热，趁你还年轻，尽快娶个老婆吧！我已经不行啦——这个冬天，风湿病把我害惨啦！我好像就要撒手人寰了！而且啊，我们根本就没有多余的钱雇人。"

罗杰感到自己的灵魂在颤抖，不断地萎缩。他像鉴赏一件艺术品一样看着姨妈——她肥短的鼻子尖端长着一颗醒目的痣；面孔大而扁平，还长着粗汗毛；萎黄的颈部布满了皱纹；青白而凸出……只有嘴唇形状还不错。整体看来，凯瑟琳实在很丑，罗杰就这样三餐面对着她长达二十五年之久。罗杰不禁悲观地想，在自己残余的生涯中，是否必须继续看着这个丑陋的女人呢？这实在很悲哀，因为罗杰一直崇拜美丽的东西。

"凯瑟琳姨妈，我的母亲长得像你吗？"罗杰唐突地问。

姨妈凝视着罗杰，发出了哼哼的鼻音。每当凯瑟琳要表现她的体贴与亲热时，都会发出这种声音；不过，听在别人的耳里，仿佛是在表示轻蔑与嘲笑。

"你的母亲并不像我这么丑陋，"凯瑟琳很爽朗地说，"但是长得也不标致。咱们家的人，没有一个人长得标致，因为咱们是干庄稼活的人——倒是你的父亲长得相当俊俏。你的长相远不及你父母，反而像你奶奶。奇怪啦，你为什么突然问起你母亲的长相呢？"

"我只是在想，"罗杰很冷静地说，"我父亲每天面对着母亲吃三餐，我希望母亲长得耐看些。"

凯瑟琳吃吃地笑。她的笑就跟她的容貌一般不登大雅之堂，叫人不愉快；不过，她心坎深处的忠实、慈爱、永久不变的疼爱，却跟丑陋的面貌背道而驰。因为这些，罗杰并不在乎凯瑟琳姨妈丑陋的笑容。

"真是叫人泄气——天下男人一般心。男人哪！都抗拒不了美色；不过，你最好不要太贪求美色。我的姐姐，也就是你的母亲——实在太可怜啦！那么早就离开人世。我来到你家为你父亲料理家事的那些年，大伙儿都说你的父亲会娶我呢！结果，他一次也没有开口。我想——他可能看不上长相丑陋的女人吧！"

说到这里，凯瑟琳又哼哼地鸣起了鼻子。罗杰站了起来——他再也忍不住了，准备溜之大吉。

"罗杰，你就考虑一下姨妈的话吧！"凯瑟琳姨妈在背后一再叮咛，"你得赶紧娶个媳妇。不管是什么大事情，只要你不做非分的要求，都不会太难。你不要像昨天晚上一般，夜深人静后才回家。瞧你咳成那副德行！昨天晚上你究竟到什么地方去啦？"

"没有啦！"罗杰回答。就算他不想回答某个问题，只要凯瑟琳姨妈问，他必定会说："我到伊莎贝儿的坟头看看。"

"怎么？夜晚十一点还到坟头？你呀，不可救药啦！我真想不通，你为什么会喜欢三更半夜到那种阴森的地方？整整二十年啦！我一次也没有去过那种地方。你难道不害怕吗？如果她的幽魂真的现形，那该怎么办？"

　　凯瑟琳姨妈有些好奇地看着罗杰。凯瑟琳非常迷信，她坚信人世间确实有幽魂存在。

　　"但愿我能看到她的幽魂！"罗杰闪亮着他的大眼睛说道。他也坚信人世间有幽魂的存在——至少他认为伊莎贝儿的幽魂一定真的存在。

　　的确，罗杰的祖父看过伊莎贝儿的幽魂，伯父也看过——伊莎贝儿的幽魂相当标致，每次现形后，都会愚弄人、迷惑人，以及诱惑人。看过她幽魂的人相当多，那些人都异口同声地说她看起来可爱又俏皮。

　　"罗杰，你不要想那种无聊的事情。"凯瑟琳姨妈说，"凡是看过伊莎贝儿幽魂的人，都完全变了。"

　　"伯父也变了吗？"

　　罗杰进入厨房不可思议地看着姨妈。

　　"岂止变啦，他变成了完全不同的另一个人呢！他的目光叫人不寒而栗！他老是注意人们背后的东西——自从他撞见了伊莎贝儿的幽魂，就对活着的女人不再感兴趣了。据说，凡是撞见了伊莎贝儿幽魂的男人，都会如痴如醉，人生完全破灭。还好她年纪轻轻就死啦，否则，还不知要拖累多少人！

　　"那时，我很害怕跟他处在同一个房间——我浑身都会长出鸡皮疙瘩呢！我说罗杰啊！你千万别再接近那个坟场啦！一旦结了婚，你千万不能再到坟场徘徊了。你的老婆可不会像我一样，她不可能忍耐的。"

　　"凯瑟琳姨妈，我不可能娶一个跟你一样的老婆的。"罗杰仿佛是一个淘气鬼，脸上浮现着奇妙的笑容。

"或许如此吧！反正啊，你不娶老婆是不行的！你看莱沙怎么样？我想，她一定肯嫁给你。那个姑娘挺能干的。"

"什么，莱莎？"

"你怎么大惊小怪起来啦？你就不要太挑剔啦！我实在忍受不了啦！"

"凯瑟琳姨妈，我的老婆嘛，必须长得标致、优雅且具有魅力。至少具备这三个条件，才能叫我满足。"

罗杰只有再度苦笑着走了出去，那时已近黄昏。那晚除了挤牛奶，没有任何工作。有一个男孩子前来帮忙，罗杰感到相当自由。他把手伸入口袋里，确定里面放着华斯华的诗集，再次横穿原野，拐着一条腿在染成紫色与琥珀色的天空下赶路。他一心想走到能够忘记凯瑟琳姨妈的提议的寂静场所，逃进梦幻的世界寻找现实世界无法找到的美丽东西。罗杰三岁时死了母亲，八岁时父亲又亡故了，十二岁时，一直躺在床上的奶奶仍然活着。罗杰热爱着奶奶，尽管在他的记忆里，奶奶长得并不美——十分矮小，满脸皱纹，可是她有一双永远不会衰老的漂亮的灰色眼睛，以及优雅稳重的声音——她的声音是罗杰唯一喜欢听的女性声音。罗杰对于女性的声音非常敏感，不悦耳的声音比不美的面孔更叫他不受用。

奶奶过世后，罗杰非常孤独。他一直觉得只有奶奶理解他。奶奶离开后，他认为自己无法适应拷问似的学校生活，以致之后就不再上学了。

罗杰的父亲、爷爷都不识字，罗杰本人也继承了先辈们先天不发达的脑细胞；可他很喜欢诗词之类的东西，凡是能得手的诗章他都阅读过了。诗词为他纯朴的性格涂抹上了一层所谓想象力的彩虹，给了他无法在自己的环境内获得的理想与愿望。罗杰爱着万事万物所包含的美。

月儿上升时，那种特有的美姿使他的心胸感到疼痛；只要瞧着金盏银台的水仙花，他就能静谧地坐上几个小时。这叫他的凯瑟琳姨妈十分不安。

罗杰具有孤僻的性格。在人群混杂的建筑物里，他经常有严重的孤独感；在森林、海边等杳无人迹的荒地，却完全没有这种感觉。凯瑟琳姨妈无法说服他上教会，以至于保守的姨妈感到非常惊讶。

罗杰竟然对凯瑟琳姨妈说，如果教会是空荡荡的话他就会去。如果人群拥挤——尤其充满了丑陋的人，他实在忍受不了！对于大多数人，虽然没有那么丑陋，罗杰总认为是丑陋的，他还会感到恶心。

有时，他也会发觉一些非常耐看的女孩，但是这类女孩根本就看不上他。他是大家轻蔑的丑男，走路时又拐着腿，而且一贫如洗。他一直缺乏很微妙的东西，可正因为缺乏，他很纯情。只要拥有这个特点，他就不会陷入绝大多数的苦恼里面。虽然这样，他仍然感到遗憾，或许是有一些奢望，但他的确希望得到爱情。

诗人们有了爱情，通常能够创造出很多诗篇。罗杰就是希望能够体验到这种爱情。他非常清楚如果没有爱，将不能拥有通往惊异世界的门扉的钥匙。

罗杰也曾想过努力谈恋爱，那时每个星期天他都会到教会，坐在能够看到漂亮的艾儿沙姑娘的座位上。艾儿沙实在很美——看着她是人生的一大乐事。她的金发闪着亮光，粉红色的面颊表示她的清纯，白皙的颈部没有一点儿瑕疵，睫毛浓密而黑亮。他像面对着一张画似的看着她。罗杰知道自己是不可能结婚的——他虽然不喜欢丑女，但是像艾儿沙这样的美女根本就懒得看他一眼呢！

想到他永远不能恋爱结婚时，罗杰不禁会萌生反抗的心理。

罗杰笔直地从农场走到远方原野里伊莎贝儿的坟墓。伊莎贝儿是生于八十年前、年纪轻轻就死去的女人。她长得很标致，可是任性，喜欢玩弄男人。当她与罗杰曾祖父的哥哥举行结婚典礼时，穿着一身洁白的衣裳坐在新郎身旁，突然一个曾被她抛弃的男子冲进屋里把她射死了。她被埋葬在海边的原野。当时，教会离那儿还很远，干脆就把那块土地围了起来当坟场使用。

现在，过了好几十年，那片土地变成了一片小小的森林，里面长满了枞树、白桦树、野生樱花，一条羊肠小道通到那儿。罗杰很快走过小径，在坟墓旁的灰色卵石上坐了下来，很愉快地做着深呼吸，看着四周。

这里的一切都太美了，充满了诱惑力，非常神秘。巨大卵石的缝隙和洞穴低垂下来，上方布满了细枝的天空高悬着一轮新月。若想阅读诗篇，这里确是太暗了些，但这件事情对罗杰已经不重要了。

　　充满了潮湿的空气和枞树芳香的地方，仿佛最适合做美梦，而且像是幻想的香郁小屋。他的头上，轻拂枝头的风正在细声私语，远处还传来了波浪拍打沙滩的声音。罗杰沉浸在这种神秘的气氛里。他一旦进入那座森林，就立刻把阳光和既知的世界抛到脑后，进入到了神秘与魅力的影像世界。

　　看起来，似乎什么事情都可能发生，又好像什么事情都可以实现。

　　八十年的悠长岁月匆匆过去。正计划着辉煌未来的而一瞬间竟被夺走宝贵生命的伊莎贝儿，至今仍不能安静地睡在坟墓里面——至少有这种传说，而罗杰最相信这一点。罗杰之所以相信，不外乎是基于遗传——邓甫家的人都很迷信。罗杰缺乏科学逻辑的思考能力，又是死心眼一个，对于别人所说的话深信不疑。因此，伊莎贝儿的尸体被埋葬在红木下面后，罗杰仍然深信别人所说的鬼话，尤其是伊莎贝儿时常出现在地面上的传说。

　　原本准备娶伊莎贝儿为妻的男人，在第二次举行婚礼的前夕曾到她的坟上祭拜，就在这时，他看到了伊莎贝儿。

　　罗杰的爷爷也曾看过伊莎贝儿，就连罗杰的奶奶——尽管她没有看过，她也认为伊莎贝儿的灵魂确实存在。奶奶不管罗杰把她想象成哪种人，仍然以很严厉的口吻说："自从看到伊莎贝儿的灵魂，我的丈夫就完全变了一个人呢！"

罗杰的伯父也看过伊莎贝儿的幽魂——他也变成了受到鬼祟的人，在一阵浑浑噩噩之中去世了。只有在男人面前，伊莎贝儿不散的幽魂才会现形。不过，一旦看到了她的幽魂，那个男人的一生就会报废。

罗杰当然也知道这一点。罗杰跟他的族人不同，并不忌讳伊莎贝儿的坟墓。他甚至喜欢那种地方呢！他深信，他一定能够碰到伊莎贝儿的幽魂。

罗杰就站在高坡上面，俯瞰着最低处伊莎贝儿的坟墓。森林下面蹿出来的微风，仿佛吹乱长发般优柔地摇荡坟上的青草，好像要使睡在地下的人做一番深呼吸，再把她抬到地面上。他再度抬起头来，终于看到了心仪已久的她！

伊莎贝儿就站在樱花树的墓碑后面。樱花树的细长枝头接触到她的头部，她微微垂下粉颈站在那儿凝视着他。虽然已届黄昏，他仍然能够看得一清二楚。

她穿着白色的衣裳，头上缠着薄薄的领巾，乌黑色的发辫自然地垂在肩膀上面。她的面孔娇小，呈象牙色，一双眼睛又黑又大。罗杰凝视着她，她的眼睛似乎已经把他的魂魄勾走了。他不知道自己的魂魄是否已经被勾走，唯一知道的是——标致的伊莎贝儿在他眼前出现的那一瞬间，他永远变成了她的俘虏。

虽然罗杰只凝视了她一瞬间，他感觉却似乎已经长达好几年之久——他已经屈服于她双瞳的魅力，恰如梦游病人一般，心不在焉地站起来。不料低垂的枞树小枝把他的帽子勾住蒙了他的眼，等他把帽子拉高后，她已杳如黄鹤了。

那一晚，直到春天的黎明降临前，罗杰都没有回家。凯瑟琳姨妈很担心外甥，以致不能成眠。

她听到有人上楼梯，立刻打开了房门，探出她的头。罗杰却没有看姨妈一眼就走过了走廊。他那对闪闪发亮的眼睛一直盯着前面。他的神情使凯瑟琳姨妈不寒而栗，吓得她又走回了自己的房间。今天的罗杰看起来特别像他死去的伯父。

在早餐桌上碰面时，凯瑟琳姨妈也没有问罗杰昨夜到底在什么地方度过——罗杰非常害怕姨妈问他——正因为这样，他反而舒了一口气。除了这一点，他根本没有意识到凯瑟琳姨妈的存在。

罗杰哑然无语地在没有任何表情下进餐。他走出去后，凯瑟琳姨妈好似很不吉祥地摇摇她满头的白发。

"那孩子已经受到了鬼祟啦！"她喃喃自语地说，"我看到那种症状就明白一切了。那孩子已经看到伊莎贝儿的幽魂了！实在岂有此理！那个女人也该收手了，为什么要屡次下毒手呢！唉……我也不知道如何才好，我实在一点儿忙也帮不上呢……看样子，是不可能结婚的了。错不了的！他一定遭受到了鬼祟……"

到目前为止，罗杰都没有谈过一次恋爱呢！

如今，除了伊莎贝儿，他什么人都不去想——她那张标致的面孔，比起他看过的任何图画和梦里描绘的理想对象更美。尤其是她满头乌黑的秀发、苗条的身材、勾人魂魄的眼睛，更叫他念念不忘。这些东西都牢牢地吸引着他。

现在，罗杰已经无视于任何东西的存在。他的眼里、心里都只有伊莎贝儿，为了她，他很乐意走遍天涯海角。

为了再度潜入幽魂出没的森林墓地，罗杰很耐心地等待着夜晚的来临。"她"会不会再度现形呢？到底会不会？他一点儿也不害怕——他只有满腔再次会见"她"的愿望。不过那一夜"她"并没有现形，下一个夜晚也静无讯息，再下一个夜晚也是这样。两个星期匆匆过去，"她"仍然没有消息。

罗杰想着——如果再也看不到"她"，只要想到这一点，他的心就充满了难以忍耐的苦恼。现在，他恍然大悟，他正在热恋八十年前死去的伊莎贝儿。他不断地告诉自己，这才是真正的爱情。

凡是越能使人感到心焦、痛苦，使人身心都甘愿做对方的俘虏的，那才是甘醇无比的爱情。

诗人们都很柔弱地歌颂爱情。罗杰不禁想着——如果能够找到更为贴切的形容爱情的字句，他一定很乐于告诉诗人们。不过他并不认为除了他自己还有男人更懂得爱情！

罗杰想——身为男子的我，能够爱那些俗不可耐的少女吗？那是不可能的事情——实在太愚蠢啦！我只能爱"她"，也就是那一缕白色的幽魂。

的确，他的伯父遭受到鬼祟后不久就死了——就算罗杰也将不久于人世，他也会认为那样才好呢！只有死去的男人才可以向伊莎贝儿求婚。这么想着，他竟然很热衷于自己的幸福和苦恼。

现在的罗杰甚至弄不清楚自己是在天堂还是地狱。他发现自己的思维非常混乱。那种感觉实在很美——叫人感到恐怖，还有绝妙——对啦！实在绝妙。即使以这个世界的爱情来说，也没有这么绝妙。以前，他没有活着的感觉，现在的他却深刻感受到自己存在的价值。

凯瑟琳姨妈并没有问东问西，罗杰感到非常快活。罗杰以为姨妈会打破砂锅问到底呢！结果，她连一句话也没有问。有如以前害怕伯父一般，凯瑟琳姨妈现在对罗杰也感到非常害怕。她始终没有问过半句，她是不应该问那些话的；她也不敢预料问过以后罗杰会怎么回答。

现在，凯瑟琳姨妈发现罗杰很可怜。她想——一定有什么恐怖的事情发生在罗杰身上——就是那个低贱的女人迷惑他的！想必，他将跟他伯父一样死于非命。

"或许，那样是最好的安排吧！"凯瑟琳姨妈嗫嚅着，"那孩子是邓甫家最后一个人。我想，那女鬼害尽了邓甫家的所有人后，就能在九泉之下安眠了吧？我实在弄不清楚，那个女鬼为什么要跟邓甫家的后代过不去呢？如果是邓甫家的人射杀她的，她当然可以向邓甫家索命。但是，射杀她的人明明是摩顿家的子弟嘛！

"啊……我已经一大把岁数啦！动不动就会感到疲劳呢！我抚养罗杰那孩子长大，为了他劳心又劳力，想不到到头来却一点用处也没有……如今哪……那女鬼又要把他抓走了。唉……与其被那个女鬼害死，不如在孩提时代就生病死掉比较好呢！"

如果把这件事情告诉罗杰，他一定会说，他能够活到今天已经很不错了。他已经喝下了一种不灭之酒，变成了神。就算那女鬼不再现形也是这样——好歹，他已经看过"她"一次。两人对看的那一瞬间，"她"已经把人生最伟大的秘密交给他了。"她"终于变成了他的东西——他虽然很丑，肩膀又下垂，但没有一个人能从他的怀抱中把"她"抢走。

某个夜晚，"她"又出现了。黄色的月光照耀平原，傍晚的森林洋溢着魔力，罗杰正坐在坟墓旁的巨大圆石上面。那是一个很静谧的夜晚——除了海湾飘过来的爽朗笑声的回声，没有任何声响，或许，那是醉酒的水手在笑吧。这个静谧的地方竟响起那种声音，这让罗杰感到火大——他认为那是一种亵渎。

每当罗杰来到这里，幻想着她的标致面孔时，都不时地会传来美妙的袅袅之音——例如树林彼此间的呢喃，半真半梦的波浪声，以及风儿纤细的叹息声等。每到这种场合，罗杰不仅对华斯华的诗集不感兴趣，也无心阅读任何书本。

他只想坐在那儿，闪动着他的大眼睛，染红他苍白色的面颊，全心全意地想她。

想不到，她却仿佛穿过黑暗树枝的月光般伫立在墓碑旁边。他再度仔细看着她——他以自己那双大眼凝视着她。他一点儿也不惊慌。他很害怕自己移动身子后，她会凭空消失，因此浑身都不敢动弹。

他俩就这样彼此凝视着——至于过了多久，就连他也不知道呢！可这时发生了一件很可怕的事情——以惊异、启示以及神秘支配的这个地方，一个从停泊的船上走下来的醉鬼，睁大一双色眯眯的眼睛，一面吐着酒臭之气，一面大笑着，踉跄地走了过来。

"咦？甜姐儿啊！你就藏在这里吗？好吧，俺就要逮你啰！"浑身充满了酒臭的男人说。

酒鬼真的把她拦腰一抱。她发出了叫声。罗杰一跃向前，殴打酒鬼的面孔。罗杰由于无名火突然发作，以平时十倍的力气揍了那个酒鬼。酒鬼狼狈地后退，举起了他的双手。

并非酒鬼胆小，以当时的情况来说，不管多么勇敢的男子，看到那种苍白色的面孔和疯狂的眼光时，相信他都会产生畏惧之心。

酒鬼一面走，一面赔罪说："对不起……对不起……俺不晓得她是你的老相好——真对不起……打扰你了……绅士是不会做下流事情的，对不起，真对不起。"

酒鬼直到走出森林，一直重复说那句"对不起"。他改变方向踉踉跄跄地横穿荒野跑掉了。

罗杰并不去追他，而是回到了伊莎贝儿的坟墓。那个姑娘就倒在坟头上面。罗杰以为她昏过去了，弯下身子把她抱了起来——她很轻盈，是有体温的活人。那一瞬间，她忘情地扑在他的胸前，叫他感受到她暖和的吐气。罗杰什么话也说不出来——他有些后悔了。

她也没有说出任何的话。关于这件事情，事过境迁的他也没有感到不可思议。当时，他几乎没有什么念头——他的脑海感到空荡荡的，浑浑噩噩得完全忘了自我。不久，罗杰发觉她在拉他的手，仿佛叫他跟她一块儿走。

很明显，她很害怕刚才那个酒鬼——罗杰也认为他必须把她带到安全的地方，然后嘛……

她走下了山坡，罗杰紧跟在后头。走出了月光照耀下的原野，罗杰就能很清楚地看到她。她略微垂下头部，黑色的长发在晚风里飘拂，褐色的眼睛闪闪发光。乍看起来，仿佛是森林里面的妖精。

事实上，她是有血有肉的姑娘，而他呢，以前实在太愚痴啦！不久，她可能会取笑他——这种折磨人的苦恼离开他的脑海后，她很可能会取笑他。

走过蔓延在海岸附近的原野时，他一直跟在她的背后。她偶尔会停下脚步，回过头看看他是否跟在后头；但她始终没有说过一句话。来到岸边的道路上后，她一直走向面临灰色港口的一栋古老房子。

到了门前，她就停止了脚步。这时，罗杰已经知道她是谁了。原来，凯瑟琳姨妈一个月前，提起过有关她的事情。

这位姑娘前不久才来这里投奔她叔叔——她就是花朵儿般年华的李莉丝，她的父亲数月前亡故了。因为孩童时代的某种事故，她的耳朵几乎什么都听不见了。

穿着白色幽魂般衣裳的李莉丝——果然有如罗杰想象的那样标致，但她根本就不是伊莎贝儿！原来他弄错啦！他一直居住在幻想的幸福国度里——"啊……我必须逃出这个地方，痛快地嘲笑自己一下！"

　　他无视于她伸出的手，在门前跟她道了别；不过，他并没有嘲笑自己。一回到伊莎贝儿的坟墓，他就扑在墓碑上孩子般哭泣起来，仿佛要使苦恼的胸口炸开。哭够了以后，他站起来。他觉得即使回家以后，胸口的疼痛也永久不能抚平了——他认为自己再也不能到那儿去了。

　　第二天早晨，凯瑟琳以一种不可思议的眼光瞧着自己的外甥。他看起来一副惨兮兮的模样——憔悴不堪，两个眼眶深陷了下去。她知道黎明来临之前，罗杰并没有回家；不过，她一向厌恶的——罗杰那种忘怀自我的表情已经消失了。突然间她感觉罗杰再也不可怕了。

　　于是，她又开始问："罗杰啊，昨儿夜晚你到底有什么事情呢？为什么那么晚才回来？"她的语气带着责备。

　　罗杰看了看他那相貌丑恶的姨妈。

　　他已经好久没有看过姨妈了。长久以来，姨妈一直在打击他陶醉于美的心。突然，他以叫她惊讶的声音大笑起来。

　　"得啦！我说罗杰啊，你难道发疯了不成？或者……"她继续说道，"敢情你看到了伊莎贝儿的幽魂？"

　　"好啦！姨妈，"罗杰以近乎爆炸的声音回答，"我说姨妈啊！从今以后，请你不要再提起有关伊莎贝儿幽魂的事情啦！我想——根本就没有人看过伊莎贝儿的幽魂，那只不过是骗人的话罢了！"

　　罗杰留下目瞪口呆的凯瑟琳姨妈，站了起来，大踏步地走到外头。

天啊！罗杰这个孩子怎么会说那种疯话呢？他生下来就坚信鬼神之说啊，怎么一下子就——到底是什么玩意儿附在他身上呢？就算发生了某种事情，或者即将发生，那孩子看起来一点儿也不疯——凭这一点，就值得我感激了。纵然他偶尔说了一些疯话，总比发疯好！

凯瑟琳姨妈决定请莱莎来吃饭，一心一意地洗起了盘子碟子等食器。

整整一个星期，罗杰活在羞耻和自我轻蔑的苦恼里。当失意的心稍微平静时，他又发现了一个可怕的事实。那就是——他仍然爱着她，而且跟以前一样，很激烈地憧憬着她。

他很想看看她——瞧瞧她花儿般的面孔，充满了问号的大眼睛，润滑的黑色发辫。至于她是幽魂还是活生生的人，倒是不重要了。如今，他发现没有她自己是无法活下去的。因为非常思念她，他走到了那栋古老的灰色房子前。罗杰也知道自己太愚蠢——或许她并不会见他，这样的做法，仿佛是给正燃烧着自己的火焰注进煤油；但是，他又不能不去。为了寻找他的乐园，他非去不可！

罗杰进入屋子，并没有看到她，不过，巴特夫人很有礼貌地接待了他。巴特夫人的出现本来叫他很不愉快，但是她那张能说善道的嘴一直滔滔不绝地诉说着李莉丝的事，所以罗杰也贪婪地听了下去。

根据巴特夫人的说法，李莉丝八岁时，由于枪械突然走火，使得耳朵几乎完全听不见了。她虽然无法听见，但是仍然能够说话。

"李莉丝会说话——不过不会说太多，对于平常的生活来说已经足够了！只是那孩子不太喜欢说话——我也不知道原因，很可能是感到害臊吧！或许她听不见自己所说的话，所以不怎么想说吧。除非是必须说话的场合，否则她是不会说话的。

"不过那孩子受过读唇术的训练，只要她看着说话的人，就知道对方在说些什么。失聪对她构成了很大的障碍——上天可怜，她几乎没有享受过小姑娘家应有的各种生活情趣呢！

"这孩子非常敏感，一向足不出户；我们又无法带她去任何地方。她只喜欢自己到海滨散步。前些日子，你为她所做的事情实在很难得。我们一直都认为——这个孩子独自散步实在危险。话又说回来了，从来都没有人从港口走到这里，唯有那天例外。那天如果没有你，那孩子就被吓昏了。至今，她仍然挥不掉那种恐怖的阴影呢！"

李莉丝进入房间时，本来有如象牙一般的白皙面孔，突然飞上了红霞。她就坐在阴影处的一个角落里。

巴特夫人站起来走了出去。罗杰默默无语——他实在不知道该说些什么比较好。

如果是在坟墓边碰到了伊莎贝儿的幽魂，他可以滔滔不绝地说个没完；可是面对有血有肉的窈窕姑娘，反而叫他说不出一句话来了。到了这时，他认为自己是愚蠢而充满矛盾的人，又对自己弯曲的肩膀耿耿于怀，想不到自己还敢来到这里，实在太不像话了！

这时，李莉丝看了他一下——嫣然一笑，那是稍微带着点儿害羞的微笑，也是叫人温暖的微笑。罗杰突然抬起头来看她。她已经不是幽暗森林里叫人感到神秘兮兮的非现实的存在，而是一个真实的女人，新月般的美妙可人，也是在渴求伴侣的人。罗杰忘怀了自己的丑陋，跨过房间走向了她。

"你陪我去散步吧！"罗杰很热切地说。

说罢，他有如孩子般伸出了手，她也孩子似的站立起来拉着罗杰的手。他俩孩子似的走到外面到黄昏的海滨徜徉。罗杰再度恢复了信心，感觉自己非常幸福。这种幸福感跟过去一个星期的感觉完全不一样——这一次是脚踏实地的幸福感，并非飘忽不定的那种。

李莉丝跟谁都看不上眼的自己散步，当然叫罗杰感到幸福。枯竭已久的幻想，秘密的泉水，又在他的内心涌出，溅得他满怀舒畅。

整个夏季，别开生面的求爱方式陆续进行着。罗杰以一种没有被别人采取过的谈话方式跟李莉丝侃侃而谈。唯一叫他遗憾的是，在跟她交谈时，她非得凝视着他的面孔不可，否则根本就不知道他在说些什么。不过，罗杰感到很容易跟她沟通，这也就是叫他最欣慰的地方。

罗杰开口说话时，李莉丝都会专心地注视着他，使他感觉到——不只他的话被完全地理解了，甚至有一种内心被看穿的感觉。

李莉丝很少开口说话，就算实际开口，声音也几乎跟嗫嚅一般低沉又迷人。罗杰认为她的声音跟容貌同样美——甜美，富于抑扬顿挫之感，几乎可以绕梁三日而不绝。

罗杰非常爱她——他很担心自己缺乏向她求婚的勇气。就算他能鼓起勇气，她也不见得肯嫁给他吧？他不敢相信她也爱着他——事实上，李莉丝对他的同情已经晋升为爱情，只是他浑然不知罢了！

罗杰不敢奢望白皙而标致的李莉丝肯嫁给他，跟他在餐桌上相对，一块儿坐在暖炉边娓娓而谈，他认为这种想法只是痴人说梦！

对于罗杰充满浪漫与魅力的生活，乡下人的闲言碎语一直奈何不了他；这一次却给了他相当大的打击。有件事情更是无情地粉碎了他的幻梦世界。

某个黄昏，他为了见李莉丝，走到了楼下。那时，姨妈跟她的多年老友正在厨房里闲话家常。那位老友年岁已经相当大了，说起话来却中气十足。她以为罗杰已经出门，因此对他的事情表现出兴趣十足的模样，提高嗓门说："凯瑟琳呀！你说得对极啦！那对人必定能够成为理想的夫妇。罗杰怪能干的。本来，他是无法享受艳福的，如果不是李莉丝耳聋，她才不会看上罗杰呢！而且啊，那个小姑娘很有钱哩！如果他俩不想做事的话，根本就不必做事，生活也可以过得很舒服。据说那个姑娘还很会持家呢！她的婶婶就这么对我说过。

"你家的罗杰不是也一直想娶个漂亮女孩吗？刚刚生下来时，李莉丝的耳朵并没有聋，你家的罗杰也没有拐着腿，所以将来他俩生下的孩子一定五体健全。想到这段美满的姻缘，我真为你感到高兴呢！"

听了这些话，罗杰满面苍白，心里很难受地离开了家。他并没有朝着海岸走，而是朝向伊莎贝儿的坟墓走去。自从解救了李莉丝后，他一次也没去过那儿，如今他却拥抱着新的苦恼赶到那儿。

对于姨妈们太过现实的想法，罗杰感到一肚子的嫌恶——她俩把我纯真的爱拖进了垃圾堆，还说李莉丝是富有的姑娘呢！关于这件事情，罗杰一无所知，因为他从来就没有想过。

这种情况下，他怎么能向她求婚呢？他不能再见她了——如果这样，他就又失去了李莉丝，但是对于这一次的失恋，他还能忍受。

他就坐在坟墓旁的巨大圆石上面，一面由于苦闷而呻吟，一面两手掩盖着他苍白的面孔。如今，他什么都没有剩下，就连幻梦也离他而去。他很想一死了之。

罗杰也不知道自己到底坐了多久——就连李莉丝来到他的身旁也浑然不知。当他抬起了哀戚的面孔，方才发觉李莉丝正坐在他身旁的巨大圆石上面，用一双叫他心跳的大眼看着他。

就在这时，他忘记了凯瑟琳姨妈等人的冒渎的话，以及自己愚蠢与自我陶醉的事实，他向前弯下身子第一次吻了她的嘴唇。

过了这一关，罗杰被绑牢的舌头终于获得了解放。

"李莉丝……"他喘着气说，"我爱你！"

她把自己的手插入他的手弯里，紧紧地依偎着他。

"很早以前，我就希望你能对我说这句话呢！"李莉丝这样说道。

# 海滨的求婚

## 七月六日

我们昨天晚上很晚才抵达这里，马莎伯母为了好好休养，整天都关在屋子里。正因为这样，我也得关在家里——我却像晴空里的云雀，浑身充满了劲。我正等着享一阵子的乐呢！

我的名字叫玛格莉特·佛蕾丝达。对于一个小姑娘来说，这名字实在是又臭又长；马莎伯母也不以为然，她一向不喜欢我那个冗长的名字，所以使用简短的"玛卡莱德"称呼我。以前，康妮·修马丁以"莉泰"的昵称称呼我，康妮是我去年在学校时的同班同学，我俩经常通信。关于这件事情，马莎伯母好像很不高兴。

我一直跟马莎伯母生活在一起——我还在襁褓时双亲就过世了。伯母声称只要她"中意我"，将来我就可以继承她的财产；可我弄不清楚，伯母所谓的"中意"，到底是指哪一方面呢？

伯母是个意志力很强的女人。她近乎顽固地厌恶男人，说真格的，她也并不是特别喜欢同性的女人。除了女管家沙丝毕夫人，她不相信任何人。不知怎么搞的，我也很喜欢沙丝毕夫人；虽然她也不例外，每年都在"化石化"，但是绝对没有马莎伯母严重。

有时，我也担心自己在"化石化"，但是看样子还早得很呢！我的肉体与血液都是热烘烘的，脉搏也很正常，而且一点儿也不娴淑！

如果让马莎伯母看到男人跟我交谈，她必定会立刻气绝昏倒在地。伯母时常对我说，随时都很可能会有一只穿着十九世纪服装的雄狮扑向我，她下定决心将不顾一切地保护我免于受害。

就算没有披着上世纪衣服的雄狮，伯母也耳提面命地对我说，走姿要力求端正，面孔上必须装成很娴淑的样子。因为骨子里我还是盼望能体会一下奢侈的生活方式，所以对伯母一向都百依百顺。

我们来到这里的目的，无非是想在"枞树庄"度过三周的假期。这座"枞树庄"的女主人心胸宽大、心眼很好，看起来还算喜欢我，今天一整天我都在跟她聊天。我这个人哪！有时不跟别人聊天，好像就要抓起狂来！

七月十日

说真格的，这种生活方式实在叫人烦透啦！每天的生活千篇一律——上午陪马莎伯母跟沙丝毕夫人到沙滩散步，下午念书给伯母听，黄昏以后才能独处；叫人感到非常不是滋味。

布雷克夫人把一个沙滩用的望远镜借给我。她声称那个望远镜是她老公生前从国外带回来的。马莎伯母跟沙丝毕夫人在海滩散步时，都会给我一段"自由"的时间，我就可以使用望远镜看看远处的海洋或者海岸，并乘机瞧瞧"禁忌"的世界几眼，借此打发无聊的时间。

远处的海滨几乎没有人影，距离岸边约一英里的陆地上，有一栋避暑的别墅。对那栋别墅的客人来说，我们散步的那片沙滩似乎引不起他们的兴趣，他们好像比较喜欢岩岸那一边。

沙岸对马莎伯母和沙丝毕夫人很有吸引力，对她的侄女——我来说，什么吸引力都没有——不过，这并不是很了不得的事情。

最初的那一天，我跟伯母到达沙滩时，距离约半英里远的岩岸有着某种白色的东西。我在好奇心的驱使下，用望远镜对准它。仔细一瞧，原来"它"是一个年轻的男子。他斜靠在岩石上面，做梦似的眺望着海洋。他的面孔十分眼熟，一时之间却又想不起他到底是什么人。

那个年轻男子每天都在同一个地方出现。看起来，他似乎是个喜欢我行我素的孤独者。如果让马莎伯母知道我在用望远镜"猎男"的话，她不昏死才怪。


## 七月十一日

我认为不该再偷窥那个陌生男子了。

到了今天上午，我又鬼使神差地把望远镜对准了那个人。

那一瞬间，我惊骇得差点儿昏倒！他也正拿着一个望远镜瞧着我呢！

我想——我实在是一个不正经的人，简直疯得可以！我实在克制不了好奇心，隔了一会儿，又很想瞧瞧他在做什么；于是，我又使用望远镜对准了他！

想不到，他却很沉着地把望远镜放下来，站起来拿下他的帽子对着我——至少对准我的方向行了一个礼。我由于受到惊吓，望远镜掉落在了地上，显示出一副狼狈的德行，但我仍然面带微笑。

那个人哪！也许还在瞧我呢！他可能认为我是冲着他笑呢！这么一想，我立刻收敛了笑容，把望远镜收拾起来，再也不敢碰它啦！不久，我就跟伯母一起回来了。

## 七月十二日

终于发生了一件事情。今天，我还是照常到沙滩散步，我下了最大的决心，绝对不看那个可能惹是非的方向；然而，我仍然战胜不了好奇心，抑制不住地往那儿一瞥。就这样，我发现他坐在一块岩石上面，正拿着望远镜对着我呢！他看到我瞥向他，立刻放下了望远镜，用手语跟我交谈。碰巧我也懂一些手语。那是去年康妮教我的，为的是方便我俩在教室的两端交谈。

我匆匆看了一下背对着我的马莎伯母，再凝视他的手语。

原来，他正在表示："我叫法兰斯·修马丁。你就是我妹妹的好朋友——佛蕾丝达小姐吗？"

什么，他就是法兰斯·修马丁？这么一来，我才知道他是什么人！原来，他就是康妮出色的哥哥。康妮不止一次对我说过，他的哥哥聪明又俊俏，充满了魅力。因此，他就变成了我心目中的唯一偶像。

的确，他长得很帅，简直"酷"得叫人受不了！可是，我只用望远镜看了他一会儿！

"我们能够相互认识吗？"他继续打手语，"我能够到你那儿自我介绍吗？如果可以，请你举起右手；若不行，请举起左手。"

天哪！我差一点儿就无法呼吸了！如果他到这里来，会发生什么事情呢？我很悲哀地扬了一下左手。他似乎非常失望，又万分灰心地打手语："为什么不行呢？是你那边的人这么说的吗？"

"是啊！"

"是我太大胆，以致叫她反感吗？"

那时，马莎伯母对我的教养不知已经跑到哪儿去啦。伯母走到我身边，招呼我跟她回家时，我羞涩地举起了右手，看到他满足的表情后，才站起来拍拍衣服上的细沙，乖乖地跟着伯母踏上了归途。


## 七月十三日

今天早晨到沙滩时，我一面受到良心的谴责，一面感到不安。我仍然要等到伯母厌倦读书和沙丝毕夫人一起到海滨散步时，才能拿起望远镜。

修马丁先生很意外地跟我说了不少话呢！不过为了争取时间，我俩不敢做"长篇大论"，尽量用简单的语言。

"你为了我说的'话'感到不快吗？"

"哪儿的话——倒是我对不起你。"

"为什么这么说？"

"我不想欺骗伯母。"

"我绝对不会叫你感到羞耻的。"

"那并不是问题呀！"

"难道，你争不过伯母的偏见？"

"绝对争不过呢！"

"现在住在饭店的阿莱泰夫人认识你的伯母，我是否能请她保证我的人格？"

"我想，不会有什么用处的。"

"你是说，完全没有指望啦？"

"是啊！"

"只是叫你认识我也不行吗？"

"我想，不行。"

"你能来我这儿吗？"

"我不能去啊！伯母一定不肯让我去的。"

"你的伯母应该成全你才对啊！"

"可是，要先获得她的允许才行！"

"你能停止跟我用手语讲话吗？"

"我想——不必停止。"

到了这时，我不回家是不行的了。回去的路上，沙丝毕夫人说我的脸色很好。听了这句话，马莎伯母很明显地在脸上写出——"不赞成"三个字。如果我生病的话，伯母很可能会为我用尽最后一分钱；但她就是不喜欢我脸上刻满了对这个世界的满足，宁愿我苍白着脸，静静地看着这个多变的世界。

## 七月十五日

这四天，我跟修马丁先生"说"了很多话。他说，他滞留在海滨的时间，将比我们多出数星期。今天早晨，他从岩岸送来了这样的信号："我就要去看看你。明天我会走到你那儿，走过你的身边。"

"请你不要这样，我的伯母会看到的。"

"不会有事的。你不用担心，我不会做出轻率的举动的。"

我想，他既然说得出，也一定能做得到。看样子，他已经下定决心了。当然啦！他喜欢到我们这边沙滩来散步的话，我是没有任何权利阻止的；不过，只要他来到了我们这一边，伯母一定会"撤退"，让他一个人"占领"那一片沙滩。

对啦！明天我应该穿什么衣裳呢？

## 七月十九日

昨天早晨，马莎伯母似乎很沉着，好像没对任何事情产生怀疑。我实在太坏啦，竟然想欺骗伯母呢！难怪我会产生罪恶感。

我坐在沙滩上，预想着不久的将来可能会面临的困难，感到头大，于是装着在阅读《某传教师之回忆》这本书——这也是伯母喜欢的读物之一。不久，伯母就以威严的声音说："我说玛卡莱德啊，有男人朝这边走过来啦！我们就转移到下面一点的地方去吧！"

就这样，我们移转阵地了。可怜的伯母。

修马丁真的勇敢地来啦！我感觉自己心跳的声音一直传到了指尖。他就站在一艘触礁的船只残骸旁。伯母很冷淡地背对着他。

我干脆回过头瞧了他一眼。他一面对我眨眼睛，一面把他的帽子抬高。那时，伯母以冷淡的口吻说："玛卡莱德，咱们这就回去吧！看情形，那家伙似乎想一直跟咱们过意不去呢……"

就这样，我们三个人回家了。

今天早晨，修马丁从对面发信号过来："康妮寄了一封信给你，现在我想把它交给你。你时常上教会吗？"

当然啦！我居住在自己家时，时常上教会做礼拜。不过，马莎伯母和沙丝毕夫人是绝对不肯踏进海滨卫理公会的教会的。我当然也不敢奢望能到那儿。我不方便向他拉拉杂杂地讲一大堆，只好简短地回答："在这里，我是不会进入教会的。"

"明天早上也不去吗？"

"我想，伯母不会让我去的。"

"你就好好说服她呀！"

"我说服不了伯母。"

"如果请阿莱泰夫人带你去的话，你的伯母会不会感到心平气和一些呢？"

听了这句话，我就慎重地试探伯母是否喜欢阿莱泰夫人。结果得知，伯母对阿莱泰夫人的印象并不好。我就使用手语对他说："好像没有什么用处。我会问问看她是否肯让我去。依我看，她是不会赞成的。"

今晚，伯母的心情非常好，我就乘机问她。

"我说玛卡莱德啊！你分明知道我是不上那个教会的。"伯母以强硬的口吻说。

"可是，伯母，"我的声音颤抖着，还是以准备"抗战"到底的口吻说，"你就让我一个人去吧！那儿又不太远——我会非常小心的。"

听了这句话，伯母的脸上浮现了种种不同的表情。正当我感到绝望准备走开时，沙丝毕夫人为我帮腔说："让这孩子去做礼拜也不会有什么害处啊！"

伯母一向很重视沙丝毕夫人的意见，她以怜悯的眼光看着我，说："好吧……让我考虑看看，明天早上再答复你！"

好啦！一切都要看明天早晨伯母的心情了。

## 七月二十日

今天早晨天气很好。吃过早餐，伯母以施恩的口吻说："玛卡莱德，如果你想到教会去的话就去吧！不过，你要处处小心，举止要像一个淑女哦！"

我快步奔到楼上，从旅行箱里抓出一件最漂亮的衣裳——那是件灰色且能稍微反光的衣裳，并用珍珠色的绸缎镶了边。

每当我要添置一些新东西时，马莎伯母就会跟我展开一场辩论。伯母希望我穿她年轻时流行的衣裳。正因为这样，我的外套和帽子都赶不上潮流。

康妮时常称赞我，她说我具备一种独特的魅力——这只不过是康妮一个人的看法罢了！在我看来，跟那些真正具有魅力的人们相比，我实在是相差了一大截呢！

话又说回来，虽然伯母的衣裳款式赶不上潮流，我确实有独特的穿戴方式，使它们看起来非常适合我。我戴了一顶银灰色的麦秆帽子，它的边缘镶着粉红色的花朵；我还到庭院摘了一些野生红玫瑰的蓓蕾，把它们固定在腰带上面；此外我手里拿上布雷克夫人的赞美诗集；然后下楼接受马莎伯母的检查。

"我的天哪！"伯母一看到我就嚷叫了起来，非常不满地说，"你看起来很轻佻呢！"

"怎么会呢？"我彻底地抗议，"我全都使用灰色系列，上上下下都是一片灰蒙蒙呢！"

马莎伯母又哼了一声。我却有如一只小鸟飞到了教会。

一进教会，我第一眼就看到了修马丁。他就坐在我座位的通路那边，眼睛微微浮泛着笑意。这以后，我始终没有再看他一眼。做礼拜的那段时间，我一直很娴静，我想，马莎伯母一定会很满意的。

礼拜做完了，修马丁就在座席入口等我。直到他以颤抖低沉的声音说了一声"早安"为止，我都尽量试着不去看他。走下楼梯时，他为我拿着赞美诗集，我俩并肩走在树叶茂盛的乡间道路上。

"你今天能大驾光临，非常谢谢你。"修马丁这么说，仿佛我是专程为了取悦他而来的。

"为了获得马莎伯母的同意，我费了好大的劲呢！"我很率直地说，"如果不是沙丝毕夫人助我一臂之力，我恐怕不能来这里呢！"

"万能的神请保佑沙丝毕夫人吧！"他很热切地说，"难道你就没有办法打破你伯母的道德观吗？如果有，我宁愿冒险。"

"我才没有办法呢！马莎伯母对我很亲切、很照顾，不过，她永远不会停止对我的管教。即使我到了五十岁，她仍然会以这种方式管教我的；而且啊，我的马莎伯母一向最讨厌男人呢！如果她看到了现在的我，一定会责备我……"

修马丁皱起眉头，用他的手杖打起了无辜的野菊花："换句话说，没有光明正大会见你的指望啰？"

"至少，目前没有。"我很细声地回答。

稍微沉默了一阵子，我俩开始谈及别的事情。他还告诉我，他是如何偶然地看到了我……

"我的好奇心很旺盛，尤其好奇那个每天在同一时间、同一地方出现的人到底是谁。有一天我就带着望远镜到海滨，所以，我能很清楚地看到你。你一直专心地看书，没有戴帽子。我回到饭店后，立刻问阿莱泰夫人寄宿于'枞树庄'的姑娘到底是谁，她就一五一十地告诉了我。康妮也时常提起你，因此，我萌生了接近你的念头。"

来到小径前面时，我为了接下赞美诗而伸出手。"修马丁先生，你就送到此地为止吧！"我很焦急地说，"我的伯母——我的马莎伯母很可能已经看到你了呢！"

他很认真地凝视了我一下，抓住我的手握紧。

"如果我明天到'枞树庄'，表示要见你呢？"

我的呼吸差一点儿就停下来了，我能想到像他这种人，既然说得出，一定就能做得出。

"啊……拜托你千万不要这么做，"我近乎哀求地说，"如果你那样做，马莎伯母很可能……我想……你不是说真的吧？"

"放心，我不会那样冒失的，"他有点儿遗憾地说，"凡是叫你不愉快的事情，我是绝对不会做的。不过，想起这是咱俩最后的约会，我实在有点儿不甘心。"

"我想，伯母再也不会允许我上教会了。"我说。

"你的伯母不睡午觉吗？"

"她时常睡午觉呢！"

"明天下午两点半，我会在那只旧船那儿等你。"

我突然把手收回来。"我可不能去找你——我不能去找你。"我叫了起来，以致连耳朵都变成了火红色。

"你真的办不到吗？"他弯下身子靠近我说。

"那是很难办到的事情。"我喃喃自语。

修马丁终于把赞美诗还给了我："你能不能给我一朵玫瑰花？"

我把一束玫瑰解下来，他把花高举到嘴唇能够接触的高度；我以不登大雅之堂的姿态急急地跑上了小径。当我跑到拐弯处、回过头看时，他的头上没有戴帽子，仍然站在刚才那个地方。

## 七月二十四日

星期一的下午，马莎伯母跟沙丝毕夫人睡午觉时，我偷偷地溜到了海滩。这时的我，原本应该关在房间里阅读《说教集》的。

修马丁本来斜靠在那艘陈旧的小艇上面，当他看到我时，立刻快速横越沙滩朝我走来。

"谢谢你的光临。"

"我实在不该来的，"我装作很后悔的样子说，"不过，那个地方实在太寂寞了——伯母老是叫我阅读《说教集》和《传记》，实在叫人感到味同嚼蜡。"

听完我的话，他立刻笑出了声："阿莱泰夫妻在小艇那边，我们去看看他们吧！"

想不到，他还会带一对夫妻同来，想得实在太周到了！我知道我一定会喜欢阿莱泰夫人，因为马莎伯母不喜欢她。我们很愉快地一起散步，一直到修马丁说已经四点钟了为止，我都没有想到时间的问题。

"哇！已经接近黄昏啦！"我叫了起来，"我非立刻回去不可了！"

"啊！我不该把你留到这么晚的，"修马丁以忧虑的口吻说，"如果你的马莎伯母醒过来，后果会演变成如何呢？"

"我简直不敢想象呢！"我很认真地回答，"修马丁先生，真对不起，你就留步吧，不必送我了！"

"明天下午，我们仍在这里见面吧！"他说。

"修马丁先生！"我抗议说，"请你别再对我灌输那种想法了。明天，我的马莎伯母不会外出的——嗯……她跟沙丝毕夫人整天都会待在家里——就算我读完了全卷《说教集》，也没法出来呀！"

我俩彼此凝视了好一阵子；接着，他的脸上浮现出了微笑，再下来嘛，两个人突然大声笑出来。

"如果你那位伯母对你发威的话，就立刻通知我吧！"我飞奔回家时，他在我的背后这么说。

所幸，马莎伯母还没有醒过来——从星期一起，我已连续溜到海滨三次了。今天我也去了。到了明天，我将跟修马丁和阿莱泰夫妻乘坐游艇出海；可是我总认为在这之前，修马丁会干一些叫人想象不到的事情。

今天下午，他曾说："对于这件事情，我无法再忍受下去了！"

"你说什么事情叫你忍受不下去啦？"我问他。

"我想，你心里一定很明白，"他漫不经心地说，"我俩偷偷摸摸地约会，你的良心备受苛责，我深感不安。"

"这都是我自作自受！"我感到有些好笑地说。

"我认为应该去面对你的马莎伯母，率直地把一切都说出来。"

"如果你真的那样做的话，恐怕就再也看不到我啦！"我很慌张地说。我希望永远都不会发生这种事情。

"好吧！对于你恶劣的威胁，我算服啦！"

## 七月二十五日

一切都宣告结束了——我是这个世界最凄惨的姑娘——马莎伯母知道了所有的事情，我也接受了应有的处罚。

今天下午，我又偷偷溜出屋子，乘坐游艇到海上兜风。我们在海上度过了一段很惬意的时光，也正因为这样，我一直到很晚才到家。马莎伯母板着脸站在大门口迎接我。

我的衣服皱巴巴的，帽子滑到了后面，头发蓬乱地纠缠在一起，一副惨不忍睹的模样；内心充满了罪恶感，不断遭受良心的苛责。伯母以谴责的眼光看着我，一语不发地走进了我的房间。

"玛卡莱德，这到底是怎么回事啊？"

我虽然有很多缺点，但是撒谎并不是其中之一。事到如今，我只好把一切都说了出来；不过对于望远镜和手语的事情，我还是作了保留。马莎伯母感到十分骇然，以至忘了问我是怎么认识修马丁的。

伯母始终像石头那样默默听我倾诉。我以为马莎伯母一定会把我痛骂一顿！谁知她并没有骂我。对马莎伯母来说，我罪恶至极。

我哭泣着讲完最后一句话时，马莎伯母站了起来，以轻蔑的眼光瞄了我一下，走出了房间。不久，沙丝毕夫人忧心忡忡地进来了。

"你到底做了什么事情啊，叫你伯母气成那个样子？她说，她将在明天下午带着你搭乘火车回家。看她的样子，好像非常生气呢！"

沙丝毕夫人为我整理皮箱时，我正蜷伏在床上哭泣。依我看，我根本就没有时间对修马丁先生解释了。我甚至没有跟他重逢的机会了！只要马莎伯母愿意，她甚至可以把我赶到非洲去呢！至于修马丁先生呢？他一定会认为我是头脑有问题的浪荡女人。唉……我是何其不幸！

## 七月二十六日

现在，我又变成世界上最幸福的姑娘了！跟昨天的我已经迥然不同，再过一个小时，我们就要离开"枞树庄"了，但是我一点儿也不在乎！

昨天晚上我辗转难以成眠。今天吃早餐时，我一副可怜兮兮的样子，好像一条蛇爬到楼下。伯母对我不屑一顾，却向沙丝毕夫人说，她想再到海滨做一次惜别的散步。伯母表示也要带我去，她还不知道，在我的"岁行中"，望远镜扮演着极其重要的角色呢！听了这句话，我的内心顿时充满了希望。

我跟随着两位叫人感到害怕的保护者，很顺从地走到了海滨。她俩在沙滩徜徉时，我有气无力地坐在一张毛毯上，修马丁就在岩岸。当马莎伯母跟沙丝毕夫人走到比较远的地方时，我就开始跟修马丁"通信"。

"所有的一切都被发觉了。马莎伯母很生气。今天，我们就要回去了。"

打完了这些手语后，我立刻拿起望远镜去瞧。修马丁的面孔上面布满了惊讶与狼狈。

"在你们离去之前，我非去见你的伯母不可！"修马丁打出了这个手语。

"那是万万使不得的，伯母绝对不会原谅我的——再见！"

他的脸上浮现出了"破釜沉舟"的决心。这时，就算有四十个马莎伯母一起来袭击我，我也不可能放下那个望远镜了！

"我爱你！你难道不明白吗？你爱我吗？现在就请你回答我。"

实在逼人太甚啦！我是一个姑娘家啊！难道连一点儿"装腔作势"、修饰言词的机会都不给我吗？

眼看着马莎伯母跟沙丝毕夫人就要回来了，我只好简单明了地做了一个回答——我当然爱你！

"我要立刻回到家里，跟母亲与康妮联络上以后，我就要盯你的梢。我会要求自己份内的财产所有权。我绝对不会认输的！你放一百个心好了！几天后再见了，我心爱的人！"

"玛格莉特，"沙丝毕夫人在我身旁说，"我们要回去了。"

我很温顺地站了起来。马莎伯母仍然紧绷着面孔，一副不可侵犯的样子；沙丝毕夫人悲凄着脸；但是我一点儿也不在乎！

离开沙滩前，我曾一度远离伯母与沙丝毕夫人。我知道修马丁在看我，我对他挥了挥手。

最后，我真的跟修马丁订婚了。像这种古怪的求婚方式，您可曾碰到过？

# 芙卡小姐的不幸

法兰西丝·芙卡天生是个美人胚子，对社交界不怎么了解的人，总称呼她为"社交界的蝴蝶"。她的父亲相当富有，母亲出身名门贵族。法兰西丝进入社交界已经三个春秋，是社交界的名人。说她"不幸"的话，或许很多人会感到不可思议呢！

说得明白点儿，法兰西丝·芙卡是玩弄爱情的能手。

这个女人抛弃男人有如家常便饭！本来，她已经跟保罗·赫尔订了婚。保罗是大伙公认的帅哥，他自己也非常明白这一点。法兰西丝深深地爱着他——或许应该说，她认为自己爱着他。她的所有朋友都知道了她订婚的事情，非常羡慕她。因为保罗是女人心目中的最佳伴侣。

万万想不到他俩的婚事竟然吹啦！

到底发生什么事情了呢？除了家族成员，没有一个人知道。大伙儿获知他俩的婚事吹了后，各自"创造"出她俩之所以"吹掉"的原因。

实际上，保罗用情不专，他缠上了另外一位女性。保罗这个人全然没有一点儿男子气概。法兰西丝发现他爱上别人时，并不怎么伤心。保罗获得自由后，仅在六个月后就娶了蒙多·卡洛儿。

以芙卡的家族来说，尤其是法兰西丝的哥哥尼德，除非涉及家族的名誉，他根本就不会操心妹妹的事情。而对于这次婚事告吹的事情，他表示出了强烈的愤慨；芙卡夫人一直在怒骂；尼德甚至表现出恶劣的态度；蒂拉则因为不能当伴娘而不停地长吁短叹。

芙卡夫人大声哭叫，口口声声说，这件事情将毁掉法兰西丝的锦绣前程。

法兰西丝本人并没有加入家族愤慨的队伍，不过，她认为自己的心灵严重被伤害了。由于她的爱和骄傲也受到了伤害，以致带来了很悲惨的影响。

经过一段时间，芙卡一家人终于平静下来了，开始鼓舞法兰西丝。不过，这件事情进行得并不完美。她对社交界仍旧摆出骄傲的态度，就算保罗对她有所示威，她也完全没有畏缩。

夏季来临时，法兰西丝表示她一定要做些自己喜欢的事情。每年到了夏季，芙卡一家人都会前往绿港度假。法兰西丝表示她今年不去了，不管别人怎么说，她仍然坚持己见。家族轮流游说，可并没有获得回报。

"你们到绿港后，我要到威茵第·梅德跟爱莉姑姑一起生活，"她这么对家人说，"姑姑时常叫我过去玩呢！"

尼德吹起了口哨，幸灾乐祸地说："嗯，在那儿，你一定会过得很快乐的！威茵第就跟座大坟墓似的，而且，爱莉姑姑的身体并不好。"

"爱莉姑姑的身体好不好，又有什么关系呢？只要没有他人异样的眼光，没有人谈及那件事情，我去什么地方都好！"法兰西丝哭丧着脸说。

尼德想离开时，又说了保罗的一些坏话，接着交代母亲安抚法兰西丝。然而，母亲仍然拿法兰西丝没有办法，她表示非到威茵第不可。

果然像尼德所说，威茵第根本就跟"热闹"背道而驰。那里简直称得上是穷乡僻壤——位于小渔村的边缘，仅在狭窄而大风呼啸的海滨点缀着几栋屋子！

爱莉姑姑跟每个人都相处得很融洽，她早已养成了不管他人闲事的习惯。她对法兰西丝的痛苦非常同情。

她也知道自己的侄女被某种恋爱问题所折磨，至今没有恢复正常。

"像这类事情，最好任其自然发展，"富于哲学作风的爱莉姑姑对她的亲友玛格莉德说，"我那侄女很快就会忘掉那件事情的，实在很可怜，虽然她现在还领悟不到这点。"

开始的两个星期，法兰西丝很自由地发泄她的悲哀。她可以哭上一个通宵，甚至一昼夜，她不必担心别人会看到她的肿泡眼；她可以自由自在地在房间里跟郁闷为伍，因为在那儿，并没有要求礼节的男子。

经过两个星期，爱莉姑姑认为——她的放任主义并没有获得多大的成果，既如此她也绝对不能见死不救——法兰西丝日复一日地苍白而消瘦，由于不停地哭泣，漂亮的睫毛几乎都报废了。

"我在想，"某一天在早餐桌上时，爱莉姑姑说，"今天非带考洛娜去兜风不可！本来，我答应上个星期带她去兜风的，可我实在太忙啦！今天我得烤面包，又得制造奶酪，实在是心有余而力不足呢！唉……真是可怜的考洛娜！"

"她到底是谁啊？"法兰西丝想不到世界上还有比她更可怜的人。

"考洛娜是牧师的妹妹，她一直罹患风湿病。现在好多了，不过还没有完全康复。她应该多在外面活动一下，可惜她还是不怎么能行走啊！明天，我非带她到处走走不可。她在牧师馆为哥哥整理家务，因为她的哥哥还没有娶老婆。"

法兰西丝根本就不认识考洛娜，她也不关心这件事；但由于长期的悲伤已经叫她受够了，感觉生活非常无聊，就主动向爱莉姑姑说，她愿意带考洛娜去兜风。

"姑姑，我虽然不认识考洛娜，"法兰西丝说，"可那并非很大的问题。只要姑姑您不反对，我就驾马车去接考洛娜。"

这原本就是爱莉姑姑所希冀的。那天下午，她非常满足地看着侄女坐上马车的驾驶台。

"你就替我问候考洛娜吧！"姑姑对法兰西丝说，"你对考洛娜说，一直到痊愈，不要再跟海边的贫人们在一起了。牧师馆就在拐角的第四间。"

法兰西丝照着姑姑的指示找到了牧师馆。

考洛娜自己走到了大门门口。在法兰西丝的想象里，所谓牧师的妹妹，一定是满头卷曲的灰发、戴着眼镜、年纪相当大的妇女。当她看到考洛娜时不禁吓了一大跳！她的年纪跟法兰西丝相仿，看起来很有个性，长得非常标致。

考洛娜有着棕黑色的发丝，光泽而充满魅力，跟法兰西丝带着青色的黑发相映成趣。

法兰西丝说出来意后，考洛娜的眼睛闪出了喜悦的光辉。

"你跟爱莉女士都是很亲切的人。我仍未完全恢复，不能走到很远的地方，更不能做些有意义的事情；而且，我的哥哥根本没有时间带我出去。"

"考洛娜小姐，你想到哪儿去呢？"出发时，法兰西丝如此问道。

"请你先带我到海湾那儿好吗？我想去看一看那位可怜的杰奇小弟弟。他的情况一直很不好——"

"爱莉姑姑肯定不会答应的，"法兰西丝说，"如果不依照姑姑的话去做，不是对你有害吗？"

考洛娜笑笑说："爱莉女士曾说。我罹患了这种病，是海边那些穷人促成的。事实上不是这样，杰奇罹患背脊骨的疾病，本来就相当严重，现在更是恶化了。我好想去看看他，你姑妈应该不会反对的。"

法兰西丝驾着马车经过水晶般透明的大海原，转向银色的沙岸。杰奇的家既狭窄又简陋，却有很多孩子。哈德夫人是一位有着苍白面孔的妇女，她的眼睛充满了刚毅的光辉，显示出强烈的忍耐力和长远的眼光。这种眼光，经常能在日夜望着海洋的渔家妇女身上看到。

哈德夫人以近乎绝望的口吻说出了杰奇的病情。医生说，杰奇将不久于人世。她以平常无波的腔调很率直地对考洛娜道出了她的劳苦——她的老公经常酗酒，在打鱼方面又少有收获。

哈德夫人请考洛娜到屋里探望杰奇，法兰西丝也跟着进去了。生病的男孩瘦削衰弱，细小的面孔上闪耀着一对大眼睛。他就躺在离厨房一小段距离的小卧室里。

房间的空气很湿热，叫人难以消受。哈德夫人一脸悲凄，坐在卧床的边缘。

"现在，我连晚上也不能睡觉，必须照顾生病的孩子。我的老公一点儿也不体恤我。虽然邻居们都很亲切，偶尔也会来帮我的忙，但是他们本身要做的事情实在很多。杰奇每隔三十分钟就必须服药，我已经有三个夜晚没有睡了。我老公吉贝斯两天来都泡在酒店，始终不回家，我已经疲惫得快倒下去了呢！"说到这里，哈德夫人啜泣起来。

考洛娜一脸困惑的表情。

"哈德夫人，"她这样说，"如果我今天晚上能来就好啦！很遗憾的是，我的身体还没有痊愈。"

"关于疾病，我实在不懂，"法兰西丝以坚决的口吻说，"不过只要坐在孩子旁边，定时给他吃药，这我也能办到。如果行的话，今夜我就通宵来照顾杰奇。"

回家的途中，法兰西丝对自己所说的话感到甚为惊讶。考洛娜很高兴法兰西丝这么慈爱，把它当成了很自然的一件事。于是法兰西丝再也没有表示惊讶的勇气了。

　　她俩通过阳光普照的小谷翠绿洼地，回到牧师馆，考洛娜留法兰西丝一起喝茶。

　　艾利奥牧师，从巡回的工作回来后，拉着香豌豆的蔓藤，把它们缠绕在庭园的篱笆上。那时的牧师身穿白衬衫，戴着麦秆帽子，他一点儿也不以自己的装扮为忤。考洛娜把他介绍给法兰西丝后，他又回到了庭园工作。

　　法兰西丝认为他是个冷淡的年轻人，并没有他妹妹考洛娜那么可爱。

　　法兰西丝等天黑后，又进入海湾准备照顾杰奇。海洋变成了妖精般美丽的微光，船只陆续从渔场回来。杰奇以可爱的笑容跟她打招呼。这以后，她就一个人坐在孩子的床边细心地照料。桌子上面的小油灯发出幽暗的光芒，外面的岩岸传来笑声和谈话声，直到夜深。

　　接着是一片静寂；但是拍在沙岸的波浪声，以及遥远大西洋传来的波涛声，刚好弥补了过度的寂静。

　　杰奇好像沉不住气，一直睁着他的眼睛，但他并没有感到痛苦，反而一直想跟法兰西丝说话。她就抱持着新萌生的同情心，侧耳静听他所说的话。法兰西丝认为她之所以会有这种心情，是受到了考洛娜的感化。杰奇针对他短暂生命的悲哀、父亲的酗酒、母亲的劳累，幽幽地对法兰西丝道来。

　　听了这些哀痛的话，法兰西丝感到一阵酸楚。她的母性本能清醒过来，突然感到自己很喜欢这个孩子。这个孩子有着崇高的人性。由于病痛使然，他看起来更苍老，但相对来说要比同龄的孩子聪慧很多。那一夜他对法兰西丝说，天使一定长得跟她一模一样！

"法兰西丝姐姐，你实在很美，"杰奇一本正经地说，"我从来没有见过像你这样标致的姐姐，就连考洛娜姐姐也望尘莫及呢！我以前能走路时，在牧师馆的楼上，也就是艾利奥牧师的桌子上面看到过一张画。画里的女人长得就跟法兰西丝姐姐一模一样！她手里抱着一个小小的婴儿，头部周围有一个光亮的圆圈——法兰西丝姐姐，我很想要一件东西。"

"你想要什么东西呀？"法兰西丝很温柔地说，"如果我能得到，或者能为你做到的话，一定会不惜一切为你做的。"

"我想，你一定能做到，"杰奇很渴望地说，"可是，你或许不想做吧。我希望你每天能来这里一次，每次坐五分钟让我看看你，这样我就心满意足了——可是，这样不是太麻烦你了吗？"

法兰西丝俯下身子吻了杰奇，说："杰奇啊，我每天都会来的！"

经法兰西丝这么说了以后，一种难以言喻的满足感展现在杰奇小小的面孔上。他探出手触摸着她的面颊："法兰西丝姐姐，你真是一位大好人！就跟考洛娜姐姐一模一样。你俩都是天使，我好喜欢你们两个。"

第二天早上，法兰西丝踏上归途。雨水淅淅沥沥而下，海洋隐藏于浓雾里。她在潮湿的道路上踽踽而行，艾利奥赶着一辆马车来接她。他穿着雨衣，戴着小小的帽子，看起来全不像牧师，至少不像法兰西丝想象中的牧师。

对于牧师，法兰西丝知道得并不是很清楚。她故乡的牧师——也就是上流社会的牧师，不外乎都是些戴着金边眼镜的银发绅士。他们十有八九都很肥胖，具有一种威严感。他们的说教都属于学术性的范围，跟法兰西丝个人的生活一点儿关联也没有。

身穿橡皮雨衣，戴着小巧的帽子，溅起泥水来迎接她，且跟海湾的居民有如家族一般寒暄的牧师，对法兰西丝来说，又是一种全新的"造型"了。

从不适合牧师的帽子一端，垂下了一撮茶褐色的鬓发，覆盖着端正的额角，使他看起来有那么一些俊逸。法兰西丝甚至注意到他有一双深棕色的漂亮眼睛，嘴角端正，看起来意志坚强，甚至给人一种冥顽不灵的感觉。严格地说，他长得并不俊俏，法兰西丝却喜欢他的面孔。

他把马车潮湿的护膝包在法兰西丝的周围，展开了一连串的质问。法兰西丝必须报告杰奇的病情及近况。艾利奥牧师取出了杂记簿，热心地看着他记录的东西。

"像这种工作，你是否想多做一些呢？"他很唐突地问。

法兰西丝感到有些兴趣。艾利奥就以哥哥的口吻对法兰西丝说话，他好像完全忘了她端正优雅的侧脸。

法兰西丝的内心虽然受过保罗的伤害，艾利奥满不在乎的态度却引起了她的兴趣。她简短地回答："只要是我能做得到的，我都很乐意去做。"

艾利奥也很简短地说："那你就到易伦·克利克跑一趟吧！那儿有一位老妇人很喜欢听宗教方面的小品文。"

"对克洛琳伯母来说，听宗教方面的小品文是她最大的乐趣。"艾利奥说，"克洛琳伯母唯一的爱好，就是听听宗教方面的文章。她的眼睛几乎失明了，考洛娜不在她身边，她都会感到很寂寞呢！"

除此以外，还有不少工作。

必须照顾的女工有十二三个；也有不少穷人家的孩子，必须为他们缝制新衣以替代破烂的衣服。法兰西丝虽然感到迷惑，但仍然答应在各方面给予帮忙。他俩又针对工作进行的方法展开讨论。本来潮湿漫长的道路，由于沿路的人们都抢着看"牧师到底跟哪种女人坐马车"，使得路途感觉格外短了。

那天上午，艾利奥牧师为了把法兰西丝送回家，特地驾驶马车跑了一英里以上的路，甚至冒着赶不上重要约会的危险——由此推测，他对于美女也颇为欣赏呢！

那天上午，法兰西丝冒着雨到克洛琳伯母那儿，阅读了一些宗教方面的文章给她听。到了夜里，她已经累得忘记了哭泣，睡得特别香甜。

隔天上午，法兰西丝到了牧师馆，第一次进入这里的教会。她认为——既然跟牧师的妹妹从事救济穷人的工作并帮助女工们解决了那么多的难题，就不好意思不去听牧师的说教了。

听了艾利奥的说教，她感到非常惊讶。她实在想不通，像他这种才华洋溢的人，为什么会站在乡下的说教坛长达四年呢？事后，爱莉姑姑解释说，那是为了他的健康着想。

"刚从大学毕业时，他的身体并不健康呢！所以就来到了这里。不过，他现在已经恢复健康了，想必不久，都市的教会就会聘他过去吧！去年的冬季，他曾在凯丝洛街的教会说教，大家都非常高兴呢！"

上述事情都是在同一个月内发生的。在这期间，法兰西丝认为自己被大幅度地改变了，过去的她已经被抛得远远的。她几乎没有多余的时间，如果有她就跟考洛娜一块儿过——她俩已经变成彼此关爱的好朋友。

考洛娜已慢慢好转，对于兄长教区的人们，她几乎什么也没有给他们。所幸，法兰西丝是很优秀的代理人，艾利奥能有效地驱使她。偶尔，法兰西丝也会感到她非常理解这位具有高度理想、真正努力的年轻牧师，以至让她养成了一种奇怪的习惯——那就是每逢碰到困难时，她就会去找他求取种种解决的方案。

法兰西丝照料生病的杰奇，奉劝杰奇的父亲戒酒，给克洛琳伯母读一些宗教方面的文章，在女工会里组织了读书会，给杰波家的孩子缝制新衣服，说服海边玩耍的孩子回到学校上学，平息了海滨两个家庭的风波，等等，做了很多有益于教友的工作。

爱莉姑姑说："工作能够使人忘记烦恼，只要认真工作就会忘怀所有的烦恼。法兰西丝啊！当你为了自己的烦恼坐立不安，只能想着自己的事情时，实在是够悲惨的了。而自从你知道除了自己还有不幸的人，当你一心一意地协助他们时，你也顺便救回了自己。

"我说法兰西丝啊！最近你好像胖了一些，苍白的面孔也变成玫瑰色了。艾利奥牧师说，世上再也找不到像你这样的姑娘了。我听了这些话，感到非常高兴。"

有一夜，法兰西丝对考洛娜提起了她跟保罗的事情。那一天，艾利奥牧师不在家，法兰西丝准备陪考洛娜在牧师馆度过一夜。

她俩坐在考洛娜的房间，沐浴着窗外溜进来的月光。在这种诗情画意的气氛之下，法兰西丝很想把自己内心的委屈都倾吐出来。法兰西丝在说出她的失恋时，以为自己会后悔而哭泣，但她始终没有；反而当她说到一半时，突然觉得其实并没有说出来的必要。

听了这些话，考洛娜从心眼儿里对法兰西丝表示同情。她虽然没有说很多话，跟法兰西丝的友谊却更上一层楼了。

"嗯……我一定会振作起来的！"法兰西丝说，"以前，我总认为自己再也振作不起来了呢！说实在的，我现在正在振作呢！噢……我感到好高兴——我对于自己的颠三倒四感到非常惭愧。"

"我认为你并没有颠三倒四，"考洛娜很认真地说，"我认为你并没有真正爱过保罗。你只是想象自己在爱他而已！而且啊，那个男人根本就不适合你。我说法兰西丝啊，那些海滨的居民都很敬重你呢！我哥哥也对那边的居民说过，你什么事情都会做。"

听了这些话，法兰西丝笑笑，说她自己并非好人。嘴里虽然如此说，但她心里真的非常欣慰。她在镜子前梳头发，心不在焉地看着镜子里的情影，考洛娜这么说："法兰西丝，世上再没有第二个像你这样的美人胚子啦！"

"你不要挖苦我嘛！"法兰西丝这么回答。

"我才没有挖苦你呢！法兰西丝啊，你应该对自己有信心。艾利奥说，他看到过的女性中唯有你最美。"

法兰西丝不停地告诉自己，再也不指望男性来称赞她了，想不到威茵第的牧师却说她很美。听到这句话，她感觉到一种奇妙的欣喜。

法兰西丝也知道，艾利奥牧师夸她是一位智慧的女性，说她是"能够影响群众的天才"，并因此深深地尊敬她。

夏季一转眼就过去了。

有一天，杰奇蒙主宠召。他紧握着法兰西丝的手，随着退潮，头也不回地"走"了。她一向爱这个忍耐力很强的孩子，因此，心里从此一直感到寂寞。

归期来临时，法兰西丝整个人显得倦慵无力。她非常不愿意跟威茵第、考洛娜、爱莉姑姑，以及她所爱的海滨的穷人们道别。

法兰西丝离开的前夕，艾利奥牧师到爱莉姑姑家看她。法兰西丝背对着落日的余晖，插在头发上面的浅金色菊花恰如寒星一般，在她黑色的鬈发间闪闪发亮。

艾利奥滞留于威茵第大厅，他的态度散发着抑制不住的喜悦。

"你以为我是来跟你道别的吗？如果你存有这种念头，那就错啦！"他这么对法兰西丝说，"我们很快就能再见面的！凯丝洛街的教会聘请我到那儿任职，我正准备接受。打从这个冬季起，我跟考洛娜将住在镇上了。"

法兰西丝想告诉艾利奥她内心的欣喜，但她始终讲不出一句话来，结巴了半天。在夕阳的余晖里，法兰西丝正站立于窗边，艾利奥一步一步地走近她。他这么说……至于他说了些什么，她又如何回答，我实在不便写出来，只好任由读者去想象了。

# 变质的忠诚心

"今天下午，你能陪我到海湾散步吗？"玛莉安这么问。

艾斯达解下了玛莉安装饰颈部的玫瑰花蕾，把它插入了他的纽扣眼儿里，慎重地回答："当然可以呀！我的时间都是属于你的。"

他俩站在庭园——开满了乳白色花朵的洋槐树下。一枝羽毛似的、长长下垂的花枝，轻柔地触碰着她金褐色的鬈发，在美如花的面孔上投下一道影子。

艾斯达站在她面前，心里这么想着——他从来就没有碰到过比玛莉安更好的女性。因为她能够满足他近乎怪癖的心理。整体看来，她并没有任何一丝让人感到不协调的地方。

艾斯达一直深爱着玛莉安。

他俩孩童时起就生活在一起。艾斯达是独生子，玛莉安是独生女。两家早就有着默契，等他俩长大后结成一对夫妇。

玛莉安的父亲却一直坚持，除非她的女儿满二十一岁，否则，绝对不能跟艾斯达订婚。

艾斯达认为自己是非常幸运的男子，他根据上天安排的命运选择了新娘。以这个广大的世界来说，唯独玛莉安配当自己名门古宅的女主人。打从孩童时起，她就是他理想的伴侣。他一直认为自己深爱着她，正因为这样，他并没有考虑到——跟她结婚以后是否真的能够组织一个美满的家。

艾斯达的父亲两年前过世了，他的父亲留下了一笔遗产，就是依靠这种庇荫，艾斯达才能够自立，无忧无虑地过上富裕的生活。

玛莉安幼年时，母亲过世了；十八岁时，父亲也撒手人寰。自从那以后她就跟姑妈一块儿生活。和姑妈在一起的生活宁静又孤独，只有跟艾斯达在一起，才能使她的生活爽朗一些；但对她来说，这已经足够了。

对于艾斯达，玛莉安毫不吝啬地倾注了她所有的爱。到了她二十一岁的生日那天，他俩正式订婚，预定翌年的秋季结婚。

玛莉安幸福的天空没有任何阴霾，对于心上人不变的情爱，她从来就没有感到怀疑。事实上，他总是那么体贴入微，礼节周到。如果她期待些什么，只需将愿望说出来就行了；而他一旦有闲暇时间，总会陪在她身边。

不过，玛莉安内心期望他有时也能如热恋的情侣那样表现出一些激情。她时常这样想——难道所有的情人都像他那样，一向稳重而不把感情表现出来吗?

每逢这种异想天开的想法掩盖住她内心深处的意识、不断

驱策她时，她都会反过来先责备自己。

艾斯达确实很温柔，而且肯奉献自己的一切，一向都能满足玛莉安爱情方面的所有要求。玛莉安本身则稍微内向而保守。刚认识她的人，或者泛泛之交的人，都会认为她为人冷淡、性情高傲；只有与她较为亲近的少数人，才知道她本性里其实也隐藏着女性温柔多情的一面。

艾斯达以为自己知道玛莉安的真实价值。订婚之夜，他俩双双走在回家的路上，他很满足地认为——他很满意玛莉安的一切，不愿她有任何的改变，如数家珍般地在脑海里列出了玛莉安的魅力和长处。

这个下午，他俩在洋槐树下拟订了结婚典礼的计划。除了他俩，再也没有任何其他人可以商量了。

他俩打算九月初结婚，然后到海外度蜜月。

艾斯达很慎重地计划着新婚旅行的细节。他们将拜访各个玛莉安想参观的欧洲主要城市，顺便到处走走。艾斯达还计划把古老的家宅改造一下，以便迎接标致的女主人。

当他细说自己的计划时，玛莉安很幸福地默默倾听着。听完以后，她方才提议到海湾散步。

"海湾就快到了，你找到慈善的对象了吗？"艾斯达一面走着，一面不太热衷地说。

"芭特夫人的女儿蓓丝发烧了，情况很糟糕呢！"玛莉安这么回答。

当她看到艾斯达不安的表情时，立刻就说："那种病并不会传染——那是一种使身体缓慢衰弱的疾病，完全没有危险，艾斯达。"

"我并不是为自己担心，"艾斯达很温和地说，"我是在为你担心呢！我说玛莉安啊，对我来说，你才是最重要的！如果有危险的话，我决不让你去从事危害健康和有性命危险的事情。对于那些海湾的人来说，你是一位很慈善的妇人——咱俩结婚后，我非得给你灌输所谓'慈善'的信念不可。我一向过着任性的生活。我想，你一定会使我改变吧？你一定能使我变成一个出众的人吧？"

"艾斯达，你一向都是很出众的啊！"她很宁静地说，"否则，我就不可能爱上你了。"

"可是，那只是消极性的'好'罢了！直到今日，我都没有严厉地被考验过，也没有积极地被诱惑过。如果真的被考验的话，我可能就不会及格了。"

"没有那回事。"玛莉安很骄傲地回答。

艾斯达笑了起来，他很高兴玛莉安信赖他。他认为——自己可以变成一个值得她信赖的男人。

所谓的"海湾"，是指位于沙岸的一个小渔村。一些房子集结在一起，由于长年暴露于海风和雨水之下，都变成了灰白色，有如被波浪打到海岸的巨大贝壳。

他俩的周围，几十个穿着破烂衣服的孩子正在游玩，其间夹着几只红毛的野狗，见了陌生人就不停地狂吠。

房舍下面的细长沙地，一群男人无所事事地走来走去。青花鱼的季节还未开始，春季捕鲱鱼的时期又早已过去，海边的人们正处于休闲期。男人们并不去管明天会发生什么事情，成群结队地享受闲暇的快乐时光。

远离海滨的外海，好几艘船有如海鸟一般，优雅地浮在银光闪闪的水面；高高的船桅在波浪翻弄之下摇荡着，仿佛对着陆地行礼。

幽幽的做梦似的雾霭笼罩在远远的海面上，水平线的青色变成了朦胧的一片；淡紫色的雾霭，使整个海角和断崖的轮廓呈为模糊状；黄色的砂石有如撒满了宝石的粉末，在阳光下闪闪发亮。

村落里响起了生活的杂音，孩子们争吵的尖锐声夹杂其中。看到玛莉安跟艾斯达时，他们停止了游戏，目不转睛地盯着前来访问的这对男女。

玛莉安走向靠近岩石的那栋房子。大门前的庭院打扫得一尘不染；通往门前的小路，使用白色的贝壳镶边；薄毛布的窗帘缝隙露出几盆盛开的天竺葵。

一个满脸疲惫的女人走了出来迎接玛莉安两人。

"蓓丝的病情没有什么改善呢！玛莉安小姐，"疲惫的女人这么对玛莉安说，"你请的医生今天来过了，他已经为那孩子尽力了。听他的口气，似乎仍有痊愈的希望。那孩子始终没有抱怨，只是躺在那儿呻吟，偶尔也会慌张起来。谢谢你时常来看她。"

"我说玛格丹莲，你就把玛莉安小姐带来的笼子放在棚架上面吧！"

本来在小床边背对着客人静悄悄坐着的少女突然站了起来，缓慢地回过头来。玛莉安、艾斯达不约而同地吓了一大跳。艾斯达有如刚醒过来一般，喘了一口气。跟周围的气氛不对称的这个少女到底是谁呢？

她站在房间幽暗的角落，美得恰如一幅画那样鲜明，甚至，还发出闪闪的光辉呢！她的个子相当高；那美妙的身材不仅没有受到廉价衣服的损害，反而因为它们更为凸显；盘结成山的头发闪闪地发出金褐色的光芒，从狭窄的额头伸延到后颈；虽然那是古老的发型，头发却很茂盛，它们很光艳地被卷成了束状；她那种蜡一般美的额头并没有受到海风的侵害。

那个少女的额头很美；眼鼻都长得很秀气；面孔呈丰满的蛋型；大大的眼睛为淡褐色，在房间角落的幽暗处闪闪发光。

就连玛莉安的面孔也不及她的多彩。她那光滑有如大理石的面颊虽然没有任何色彩，那种蜡一般的青白色并非表示她是病弱之人，因为她弓状的大嘴唇有着一层浓重的绯色。

她纹丝不动地站在一旁。她的姿态并没有显示出任何困惑，也没有自我表现。

芭特夫人介绍说："这是我的侄女玛格丹莲。"她也表现得非常沉着，只是默默地垂下了头。

她向前一步来取玛莉安的笼子时，天花板很低的杂乱房间看起来竟然有些耀眼。她的存在，使一行人感受到一种不可思议的气氛。

玛莉安站起来走到了病床旁边，把她的纤纤玉手放在小病人很烫的额头上。如此一来，孩子就睁开了茶色的眼睛。

"蓓丝，今天你感觉怎么样？"

"玛格丹莲，玛格丹莲在哪儿？"小小的人儿呻吟了起来。

玛格丹莲来到了床边，站在玛莉安的身旁。

"这个孩子在叫我呢！"玛格丹莲以一种清晰、叫人感动的低沉声音说，"这个孩子认识的人，可能只有我一个了。好啦，好啦！玛格丹莲就在这儿！我就在你的旁边，不会去任何地方的。"

她就跪在小病床的侧面，用手腕环绕着孩子的颈部，把孩子长满鬈发的头抱在她的喉咙旁。

艾斯达一心一意地看着两个女性——一个教养良好，有着漂亮的面孔，穿着高贵的衣裳；另外一个则有着一头蓬松的秀发，头低垂在孩子身上，充满了光泽的长睫毛的边缘触到青白色蛋型的面颊，穿着印花布衣裳，跪在没有地毯的沙地上面。

玛格丹莲的双瞳看他的那一瞬间，他的心引起了一阵莫名的喜痛掺杂的战栗。

由于突然袭来的战栗很强烈，他的脸孔因为感动而失色。他仿佛看到了一道彩霞缭绕着屋子，那双眼眸就在里面发出光辉呢！

等彩霞消失、头脑恢复清醒时，他吓了一大跳，手脚不停地发抖。在混乱的思维中，他唯一清楚的一件事就是——他很想用自己的双手抱起她，在她脸上投以雨点似的吻。

"那个姑娘到底是谁呀？"两个人走出那栋房子时，艾斯达这么问，"她是我看过的女性中最为标致的一个——现在跟我在一起的女人例外。"他发出了轻蔑的笑声，结束了他的说话。

玛莉安脸上优美的红晕增加了它的浓度。

"你最好省掉最后那句，"玛莉安很宁静地说，"这分明是你后来才想到的话。的确，她很美——我也认为她是与众不同的美女；但是在我眼里，她有点儿怪怪的，叫人感到有些可怕。

"她一定是芭特夫人的侄女。我一个月前来到此地时，曾听芭特夫人说过，她的一个侄女要来此地居住。因为她的父母都过世了。据芭特夫人说，那个姑娘的教养很不错，比起'海湾'的人简直好得多了。她担心侄女来到这里后会感觉处处不习惯。直到今天看到她，我几乎忘掉她了。

"我想，她一定是上流社会的人。她一定会认为'海湾'是个很寂寞的地方——我想，她不可能在此地待很久。为了她，我们必须为她安排一些事情做。你有没有发现一件事？那就是——她的态度叫人感到不甚愉快？"

"我完全同意你的说法。"艾斯达冷冷地回答，"以那种境遇的姑娘来说，她的良好气质实在叫人惊讶；她又一直那么沉得住气，就算是公主也不及她沉着呢！就算是一个公主，想必也不能像她，行为举止都那么像女皇吧？她看起来很突出，态度却完全没有张皇失措的样子。我说玛莉安啊，我们就不要管她的事情了吧！我想十之八九她会恨你的。不过，她的眼睛真的有一种惊心动魄的美。"

艾斯达的声音变成梦幻一般，玛莉安的面颊又敏感地染红了，她不断地告诉自己要谨慎，面颊上的红光却久久不消失。

日落后，艾斯达回去了。玛莉安叫他留到夜晚才回去，但他提出了理由："明天下午，我会再来！"说完，弯下身子在她脸上吻了一下。

当他骑马离去时，玛莉安胸口感到一阵不可思议的疼痛，莫名其妙地凝视着他，仿佛她的恋人有着一颗深不可测的心；尤其是去年夏天她对他有所暗示时，他没有任何反应，如今她更是敏锐地感觉到了这一点。

到底什么人才具有那种能力呢？

如今，她又想起了那个"海湾"的姑娘，那个拥有一双深邃的眼睛和标致脸蛋的姑娘。这么一来，立刻有种不安的预感袭击了她。

"仿佛艾斯达将永远离开我，"她一面弯下身子用手拂着沾了露水变得冰凉的乳白色洋槐树枝，一面自言自语地说，"我有一种预感，他再也不会回到我身边来了。如果真的到了那种地步，还有什么东西值得我留恋呢？"

艾斯达跟玛莉安分别后，本来真的想回家。他内心虽然确实这么想着，来到"海湾"的岔路口时，却染红了浅黑色的面孔，策马朝"海湾"的方向前进。他很明白这样的动机对玛莉安非常不忠实，对于自己的柔弱也感到非常羞耻。

然而，他想看玛格丹莲那双眼睛的欲求胜过了任何的东西，以致压倒了对玛莉安的义务和抗拒如此做的心理。

抵达"海湾"以后，除了玛格丹莲，艾斯达对什么东西都视若无睹。因为想不出造访芭特家的任何借口，他只好缓慢地通过村落沿着海边骑着马。

红彤彤的太阳有如残火一般，一半已经沉入绸缎般紫色的海洋。西边的天空掺杂着火红色、玫瑰色以及淡绿色，乍看起来，仿佛一片浩瀚的湖泊；它的边缘，新月般的弓形小船伴着一颗颗白星浮泛在远处。

头上广阔的天空呈紫色，看起来无限辽阔；在遥远的那一方，紫水晶般的小岛在闪闪发亮的海湾入口处，有如宝石般凝结在一起；低洼海边形成的几个小水滩，有如磨亮的红橙色石钟，散发着光辉；松树有如镶边围绕着水面。

艾斯达绕过一个海角后，看到玛格丹莲就站在下一个海角处。她背向他，在鲜明的天空里描绘出幽暗而动人心弦的黑色轮廓。

艾斯达跳下了马背，把马留在那儿急促地走到她的方向。他的心脏一直猛撞着，仿佛就要窒息。他一心一意想会见她。除了这个念头，他再也不想什么了。

艾斯达靠近时，玛格丹莲稍显惊讶地回过头来瞧了一瞧。在潮声澎湃的沙滩，她并没有听到他的脚步声。

那一瞬间，他俩彼此对视着。

这对男女仿佛是在探求对方的心灵般凝视不语。太阳留下残照后消失了。残照的光辉非常地鲜明，小小的水泡有如小小的妖精飞快地吹过海角。

刮进海湾的强风，吹乱了玛格丹莲青白色脸蛋周围的鬈发；撤退的黄昏影子，在她的眼睛里找到了隐蔽之处。

艾斯达虽然以燃烧似的眼光对准她，她的面孔上并没有抗议之色。

"玛格丹莲！"艾斯达如此喊叫时，她苍白色的面颊一度飞上了燃烧的红霞。她以优雅的姿势举起了手，并没有说出一句话。

"玛格丹莲，你一句话也不跟我说吗？"艾斯达以玛莉安从未见过的哀求表情靠近她问道。他虽然伸出了手，走向前去的她并没有接触。

"我必须向你说些什么呢？"

"你不能对我说'看到了你，我好高兴'？"

"我一点儿也不高兴！你没有来这里的权利。我老早就知道，你会来这里。"

"你老早就知道？你为什么会知道呢？"

"今天，你的眼睛已经那样说了。我的眼睛是雪亮的——比起这儿愚蠢的渔夫们，我更能看到遥远的前方。嗯……我早就知道你会来这里，于是今天黄昏我就来此恭候，目的是让你看到我在这儿，同时也要奉劝你千万别再来此地了。"

"玛格丹莲，你为什么要以那种口气对我说话呢？"

"因为你没有来这里的权利。"

"如果我不听你的话呢？如果我无视你的禁止，时常来这里呢？"

她把她闪闪的目光投向他苍白僵硬的脸上。

"如果那样做的话，你就等于告诉别人：'我是疯子。'"她依旧冷淡地说。

"我也知道你是玛莉安小姐的未婚夫，你这么胡搞下去，不是对她不诚实，就是对我无礼——不管是哪一种，我都绝对不能跟你建立友情的。你就请回吧！"她很傲慢地拒绝了他，并打算转身背对着他。艾斯达向前迈出一步，握住她紧绷的白皙手腕。

"我绝不依你！"他以低沉而激烈的口吻说。他那双美妙的眼睛有如燃烧一般盯在她的脸上："就算你把我赶回去，我还是会再来的。我会再接再厉地做下去，直到你欢迎我。你为什么非把我当成敌人不可呢？难道我们不能成为好朋友吗？"

她再度看向他。

"我之所以拒你于千里之外，"她说，"无非是因为你我所属的阶级不同，我们是不可能成为朋友的。我——玛格丹莲是渔夫的侄女，绝对不可能成为你的对象。如果你坚持要跟我在一起，那不仅表示你不忠实，也表示你十分愚蠢。

"现在，请你赶快回到你钟爱的、具有良好教养的姑娘身边。你最好赶紧把我忘掉。或许，你会认为我在胡言乱语。正因为我跟陌生的你很率直地谈话，你一定会认为我是大胆而不够女性化的姑娘。不过话又说回来，有时率直地说话反而比较好。好吧，你赶快回到自己的世界去吧！"

艾斯达缓缓地离开她，默默无语地走向海滨。当他走到海角的幽暗处时，停下了脚步，回过头去看她。她正以黄昏的天空为背景，仿佛一个思绪澎湃的女预言者般站立在那儿。

她顶着满天的星斗。夜风从遥远的洞穴吹过来。她右边"海湾"的百家灯火正在薄暮里眨着眼睛。

"真是卑鄙透啦！我感觉自己仿佛是一个背叛者，"他款款地说，"唉……到底是什么东西使我癫狂起来了呢？难道这就是男人的自私？"一会儿后，他骑坐的马蹄声逐渐远去。

直到六月海洋的紫色薄暮吞噬夕阳，玛格丹莲一直逗留于海角，世界上没有任何景色比这薄暮更醉人了。玛格丹莲眼露悲凄之色，咬紧她的嘴唇，以神圣的态度聆听着海洋的呻吟和嗳嗬。

第二天，午后的太阳炽热地照耀在海面上，叫人避之唯恐不及，艾斯达再度来到了"海湾"。

那时几乎一个人影也没有——有人说青花鱼成群地涌到，男人们开起了所有的渔船，在玫瑰色早晓降临时，就纷纷赶到了渔场。他却在黄沙闪亮的狭窄地面，看到了玛格丹莲正站在残破渔船的残骸旁边。

她在左边狭窄的沙洲前方看到了一群海鸥。这时，她听到背后响起了急促的脚步声，本能地回过头去看。谁知道，她立刻苍白起了脸。她的眼睛深处跳动起了热情且富于魅力的光辉——只是一刹那的光景而已，它就跟展现时一样很快消失了。

"玛格丹莲，我违背你的命令又来啦！"

"我知道你会这样做的。"她很尴尬地说，"你呀，根本就是一个无视于别人警告的狂人！"

"玛格丹莲，你想到什么地方去呢？"

"我要划船到杰贝尔海角取一些盐。那些渔船今夜就可以载着青花鱼进港了——你没有看到好几艘船出海了吗？为了防止鱼腐坏，非准备足够的盐巴不可。"

"你一个人能划到那么远的地方吗？"

"那是再简单不过的事了。关于划船，我老早就学会了——不过，那时只是好玩而已。想不到来到了这里，划船这一能耐对我非常有帮助。"

她坐进一艘小船，拿起了船桨。闪耀的阳光照射在她身上，浓密的头发闪现着金红色的光辉；船儿摇荡时，她以海鸟般优雅的姿态保持着平衡。看着她的艾斯达突然感到头昏。

"艾斯达先生，再见！"

艾斯达以跳进船里代替回答。他拿起了船桨，用力抵着海岸，船有如吹出的泡沫般离开了海岸。玛格丹莲差一点儿就滑倒了，不由自主地抓住了他的手腕。他全身的血管引起了一阵战栗。

"艾斯达先生，你这是何苦呢？你就请回吧！"

"我不回去啦！"他以那种自大的态度凝视着她，有点儿专横地说，"我要为你把船划到杰贝尔海角。我想划船这种事，只要稍微练习两三下就能熟悉了。"

那一瞬间，她的眼睛闪现出了反抗的情绪，而接触到他的炯炯目光后，她的头部立刻低垂了下来。

玛格丹莲苍白的面孔突然涨得通红。原来，他的意志使她屈服了。她从头顶到脚尖一直在颤抖，就连那张能言善道的嘴也抖动着。

他屏住呼吸看着她，脸上绽开了一种战胜的欢喜。他伸出手来温柔地扶着她坐下，自己坐在她的对面拿起了船桨不停地朝蓝色的远方海面划去。

开始时，水底的白沙随着海水摇荡，隐隐地发光，不久就变成了半透明的绿色海底。换句话说，水越来越深了。艾斯达的心像小鹿在猛撞，曾经一度有如一阵冷风，他的心坎里浮现了玛莉安的影子。然而，他的眼睛一跟玛格丹莲接触，立刻就把玛莉安的影子抛到了脑后。

"玛格丹莲，你说说自己的事给我听吧！"艾斯达打破铁一般的沉默说。

"我自己实在没有什么好说的，"她很率直地回答，"我的人生最平凡不过了。生活并不富裕，更不曾受过高等教育。不过以前，我也有过一段辉煌的好日子——我是说家父亡故之前。"

"你刚来这里时，想必认为这是一个很寂寞的地方，跟别处完全不同吧？"

"嗯……刚来这里时，我认为自己可能会闷死呢！现在我已经没有那种想法了。我跟大海已经变成了朋友，它教了我很多事情。我想——海洋蕴藏着一种灵气。只要日夜聆听海洋的喁喁，我的心灵就会飘出躯壳会晤各路的'神'；偶尔它也会带来很多喜悦，有时因为承受不起而叫人痛苦呢！"说到这里，她突然闭口不语。

"真邪门，我怎会对你说出这种话呢？"

"你真是个与众不同的女人。除了海洋，你没有任何朋友吗？"

"你为什么认为我必须结交海洋以外的朋友呢？我想——不必了，我不会滞留于这里很长时间的。"

艾斯达的面孔因痛苦而扭曲："玛格丹莲，你就要走了吗？"

"嗯……到了秋季，我就要自食其力，自己养活自己了。你或许不知道，我实在很贫穷。姑姑跟姑丈对我很亲切，我不想长期拖累他们。"

艾斯达发出了呻吟似的叹息："玛格丹莲，你不要走！你留在这里跟我……"

"请你考虑一下我的立场吧！"她这么说，"你怎能对我说这种话呢？难道你已经忘记玛莉安小姐了吗，还是你想玩弄我们两个女人？"

艾斯达没有回答。他为自责的念头所袭击，当着她的面垂下了一张苍白的脸。

海湾入口处闪耀着无数的宝石。接近海滨处呈紫色，远方则是带青的紫色。遥远的那一边，仿佛幽灵一般带着蓝色的船帆，以青白色水平线为背景集结在一块。

小船在波浪上面有如羽毛在跳跃。转瞬之间，他俩已经来到了杰贝尔海角附近。

那天下午，玛莉安耐心地等待着她的未婚夫。等到他在六月温馨的黄昏回来时，她就在洋槐树遮荫的阳台冷淡地迎接他。女性敏感的本能告诉她，他下午在什么地方度过。正因为这样，她并不要求他亲吻，也不责备他为什么不早一点儿回来。

他就站在幽暗的光线里，凝视着她每一处可爱的地方和女

性特有的柔媚。他的视线久久不能离开她，拼命地压抑呻吟的冲动。他又问起了自己到底是什么"邪"袭击了他？想到这里，他的面前又浮现出玛格丹莲的芳姿。

他回去时夜已深了。玛莉安就站在洋槐树下目送他远去。这时，她突然感到一阵寒冷，不觉打了个寒战。

"我现在的心情有如拒绝出现在国王客人前的范修泰一般，"玛莉安如此呢喃，"已经不是王妃的范修泰，为了隐藏她的伤心，从修夏城的城门偷偷溜了出去——我现在的情形就是这样。艾斯达是否已经废除了我的后座呢？那位'海湾'青白色面孔、尼僧般神秘的姑娘，是否已经盗走了他的心呢？我想不会的。如果他那样经不起考验的话，就不是我的未婚夫了。

"我知道，他对于我俩的誓言一向很忠实。不过，我不喜欢跟别人分享爱情。或许，不久我就得从情场撤退了。"

在一片冷嘲热讽似的夜风的吹刮下，艾斯达一边走路，一边跟自己艰苦地战斗。

他得出了一个结论——他跟玛莉安之间只有兄妹情分，而他对玛格丹莲的爱，那就完全不同了。为了爱玛格丹莲，他甚至可以抛弃自己的名誉，以及对任何事情的忠诚心。

艾斯达前后只会见了玛格丹莲三次，他猛跳的心鹿已被她冷冷的小手完全掌握住了。

他闭起眼睛发出了呻吟，真是何其愚蠢、何其癫狂！他并非自由自在的一个人——他凭着名誉与自尊心，已经跟一个女人山盟海誓过了。就算他完全是自由之身，玛格丹莲也不能成为他的妻子——至少在世人的眼光里，她是不适合当他妻子的。

玛格丹莲是出身"海湾"的姑娘——几乎没有受过任何教育，没有社会地位——想不到，他竟然会爱上这种姑娘！

因为苦恼，他前后长吁短叹了好多次。山坡下面，"海湾"的海面有如泼了墨水，远处海洋的叹息声冲破黑夜的寂寞传了过来。

"海湾"房舍的灯火发出了微弱的亮光。

接下来个星期，他几乎每天都到"海湾"。有时，他会碰到玛格丹莲，有时始终看不到她。到了那个星期的周末，他打赢了那场叫他心碎的战争。如果他对新的狂热之情懦弱地屈服，最后，他那男性的自私，很可能就会膨胀起来。

"玛格丹莲，我再也不会来到这里了！"最后这么说时，他的声音虽然有着激烈的苦痛，但是再也不感到迷惑和犹豫不决了。

他跟她并肩站在突出于"海湾"的树下面。他俩沿着海滨散步，眺望着染红西方天空的美丽夕阳；那儿有染成红色和琥珀色的夕云；云层间露出了细长的青苹果色的天空；这一对男女有如孩子牵着手，默默地在海滨徜徉，内心翻滚着激情与兴奋。

等艾斯达开口说话时，玛格丹莲把脸朝着他的方向默然地凝视了许久。

他俩的眼前展现着梦一般闪光的海湾。黄昏的薄暮中两三颗星星在闪耀，西方巨大蝙蝠型的云朵笔直地扫过绿、青以及玫瑰三色的天空。在幽暗的反射光线中艾斯达清楚地看到，玛格丹莲悲伤的面孔上浮现出了一种异样而神秘的美。她把自己的视线从艾斯达苍白的脸上移开，再度投向光闪闪的海面。

"那样最好不过了。"最后她缓缓地说。

"最好——没错！如果我们没有碰面该多好！我很爱你——关于这一点，你一定很清楚——对我俩来说，言语是多余的。到今日为止，我没有真正爱过一个人。我全盘弄错啦！现在，我必须为自己的错误付出代价。你懂我的意思吗？"

"我当然懂。"她简短地回答。

"以前，我懦弱、胆小，不够忠实。不过，我总算战胜了自己——对于跟我山盟海誓的女性，我非得忠实不可。你跟我再也不能见面啦！我要扼杀这种癫狂。玛格丹莲啊！自从碰到你的那一天开始，我想——我就已经陷入了精神错乱的状态。

"现在的我却非常清醒。我懂得自己的义务，不管耗费多大的牺牲，我仍然要尽完我的义务，我已经没有什么可说的啦！玛格丹莲，我有很多地方必须求得你的原谅。"

"没有什么原谅不原谅的。"她很沉着地说，"我也有很多地方应该受到责备。如果，我一开始就以毅然的态度再三拒绝你，根本就不会发生这种事情。我实在太懦弱了！我也要对自己的懦弱展开惩罚。我们都只有一条路可走。艾斯达，再见啦！"

她的声音，由于无法忍受的痛苦而一直颤抖着，噙满了泪水的眼睛却始终没有避开他的视线。他向前迈出一步把她揽在了怀里："玛格丹莲，我心仪的人，再见啦！你就让我吻一次吧……一次就行——在我离开你之前。"

她摆脱了他的双手，骄傲万分地后退。

"不行！你又不是我未来的夫婿，绝对不能吻我的嘴唇——再见啦！"

他默默无语地垂下了头，头也不回地走了。如果他回头的话，一定能看到跪在潮湿的沙滩上面、压抑着声音激烈地啜泣的她。

翌日夜晚，玛莉安看到了艾斯达苍白而表情毅然的面孔时，仿佛看到了一册翻开的书本般立刻看透了他的心。

其实，玛莉安自己也苍白着一张脸。紫罗兰似的眼睛下面形成了浓色的眼晕——她已经好几天没有好好睡过觉了。

她伸出了表示欢迎的白色纤手，宁静地迎接他。看到他钻过的葛藤痕迹后，她知道自己已经获得了第一回合的胜利。

因为已经知道了这件事情，她对于自己将做的事情感到有些为难。到目前为止，她依然掌握着那面撒开的网。到了今天，她认为——与其自己把它放下，不如让它自然地滑落。

那一瞬间，由于心中浮现了一丝希望，她微微地打起了哆嗦，或许她能够重新取得自己失落的后位，不过——女人的骄傲拔掉了挣扎中的希望之根。对于那份失掉的忠诚心，以及虚假的后位，她再也不流连了。

艾斯达问她是否能稍微提前举行婚礼时——他问她是否能当八月的新娘——玛莉安认为机会来了。那一瞬间，玛莉安闭起了眼睛，藏在蕾丝花边里的手不停地痉挛。

"我说艾斯达啊，"她平静地说，"我时常在想，我们就不要结婚了吧，或许这样比较好。"

听了这句话，艾斯达抬起震惊的面孔看着她。

"什么？你不跟我结婚？这到底是什么意思？"

"我认为咱俩都错了！咱俩并没有彼此相爱啊！充其量，咱俩只有兄妹之情！所以，我认为——咱俩还是维持兄妹之情比较好！我要说的话，只有这些。"

艾斯达霍然站起，说道："玛莉安，你到底在说什么话呀？是不是你听到了什么闲言碎语呢？"

"我什么话也没听说过，"她急忙插嘴说，"根本就没有什么人告诉我什么话。我只是说出自己最近的想法而已！咱俩确实犯了一项大错误，如今想纠正的话，还来得及呢！我说艾斯达啊，你不会不成全我吧？你不会吝啬放我自由，对不对？"

"玛莉安，你到底在想什么呢？"艾斯达以沙哑的声音说，"我想——你并非是认真的吧？你再也不爱我了吗？"他把本来互握的手更为用力地握紧了。

"你想到哪儿去啦？如果你能叫我如愿，我会永久把你当成朋友爱戴。我知道咱俩如果结婚，彼此都不可能感到幸福的——咱俩做梦的时代已经过去了。艾斯达啊，你能不能从重重的羁绊中解放我呢？"

他心不在焉地瞧着她上抬的面孔，一阵欣喜涌向了心窝——同时也夹杂着后悔的念头。艾斯达很明白，失去了这个纯真的女性时，他的人生将同时失去一些什么。

"玛莉安，如果你是认真的话，"他缓缓地说，"那么，你无非是在表示，你最高的爱并非寄托在我身上，也就是说，你认为我不能给你幸福。既然如此，我只好成全你了。好吧，你已经是自由之身啦！"

"那就谢谢你啦！"她站了起来，很稳重地说。她把他送给她的戒指脱下来还给了他。他面无表情地收下它，感到一片茫茫然，好像两脚并没有踏在地面上。

"艾斯达，你好好休息一下吧！"她说，"你看起来很疲倦。我很高兴你能理解我。"

玛莉安伸出了她的手。"玛莉安，"他紧紧握着她伸出的手，郑重其事地说，"你认为这么做就能使你幸福吗？你认为自己做得很对吗？"

"是的，我认为做得很对。"她微微地笑着回答，"我不认为自己做得很轻率，一切我都经过了慎重的考虑呢！你放心，事态会变得很好。以后，咱俩仍然是好朋友。对我来说，你的欢喜、悲哀，都如同我的感受。好吧！你就好好休息吧！现在，我想一个人待一会儿。"

他在大门口回过头来看时，她正以平静的姿态堂堂地站立于黄昏的幽暗光线里。领悟到自己失去的一切后，他立刻感受到了一种类似后悔的头痛。

他走进了夏天的黑夜里。

一个小时后，他独自站立于昨夜跟玛格丹莲分手的海角上。不知休息为何物的夜风，穿过了后面堤防的松林，发出了呻吟；月儿把海湾照成了乳白色。

他取出玛莉安还给他的戒指，再次以虔敬的态度吻了它，把它抛向了远处的水面。那一瞬间，戒指的钻石在月光中闪了一下，溅起了水花，消失于波浪间。

"海湾"就在月牙形的海角与海角间，呈为一个很美的弧度静卧着。芭特家低低的屋檐露出了微弱的灯光。

"到了明天……"艾斯达默默地想着，"我就能以自由之身回到玛格丹莲的身边了吧？"

# 海伦的觉醒

罗伯·利瓦伊斯以好奇的眼光看着独自一人提供早点的姑娘——他昨夜才抵达这所夏季的寄宿之家，当然没有见过这位姑娘。

这是一栋破陋的农家，位于内陆海滨。那个巨大海湾向来以潮水的落差而闻名。对于印象派的画家来说，那儿具备光与影最美妙的条件。利瓦伊斯就是一名热心的画家。只要有卓越的日出与日落，醉人的月光，以及闪亮的碧海，再加上紫色的海滨，他就不在乎投宿的地方是否粗劣，当地人是否有教养，甚至投宿在完全孤立的地方，他也毫不介意。

农场的主人叫安卡斯·弗雷沙，他跟他的老婆都属于沉默而粗野的人。他们耕种着充满石砾的小农场，除了维持起码的生计，对人生漠不关心。

利瓦伊斯分明知道安卡斯夫妇并没有儿女，正因为如此，每天看到一位固定的姑娘为他倒茶，为他端上土司面包时，总是很好奇她到底是谁。

这位姑娘长得一点儿也不像安卡斯夫妇。她的个子很高，长相不太漂亮——她穿着很不合适的暗色印花衣裳，的确并非美女。

她茂盛的头发很乌黑，有如瀑布一般垂到脖子以下的部位，她用花巾把它们系了起来；她的眼鼻十分清秀，可惜不匀称；皮肤呈浓褐色。

尤其是她的眼睛特别能引起利瓦伊斯的注意——又黑又大，仿佛是被囚禁在眼睛深处的灵魂，一心一意想要浮现到表面，充满了对情爱的憧憬。

利瓦伊斯无法从她嘴里探出些什么。只要他问她有关身世的问题，她都三缄其口，就算回答，也只会简洁地说。事后，他问了安卡斯的老婆，才知道那个姑娘的芳名叫海伦·佛雷沙，是安卡斯的侄女。

"那孩子的父母都过世了，是我们把她抚养长大的。海伦是一个好女孩——偶尔会闹闹别扭、使使性子，但大致上说来很乖巧。不管是田里的工作还是家务，她都能做得有条不紊，想必这附近再没有比她更能干的女孩了。安卡斯时常夸奖说，因为有了海伦的帮忙，使他能够省下一笔雇用工人的费用。我对海伦也很满意。"

话虽这么说，但利瓦伊斯时常听到安卡斯的老婆责骂海伦，时常针对她发牢骚，只是海伦向来不回嘴。

只有一次，安卡斯的老婆话锋实在太尖锐，伤了海伦的自尊心，使得她不禁泪盈满眶，从厨房奔到了廊子那边。看到这种情形，利瓦伊斯仿佛被揍了一拳。那天下午，他去安卡斯夫妇那儿，说是要描绘一幅海边的画，需要一个模特。他问安卡斯是否能让海伦当他的模特，他将按时数给付酬劳。对于这个提议，安卡斯夫妇并没有反对。

那天黄昏，海伦从沼泽对面的牧草地带回乳牛时，利瓦伊斯就把自己的计划向海伦说明了一番。那一瞬间，他看到她的面孔闪出了光辉，甚至吓了一大跳。没想到他的这句话，竟能使原本长相不美而喜欢闹别扭的少女，一下子就变成漂亮的女性。

遗憾的是，那种光辉很快就消失了！她对于利瓦伊斯的计划，几乎没有任何异议。他陪着她尾随在牛的后面往回走，款款地畅谈着夕阳、海湾神秘的美以及遥远海岸诱人的紫色。她侧耳静听。当他提起远方波浪的喂哺时，她抬起了头。

"那些波浪对你说了些什么呢？"她如此问。

"它们在跟我谈及永恒。你认为呢？"

"那些波浪的声音一直在呼叫我呢！"她简单地回答，"每到这种场合，我很喜欢跑到外面听那种声音——不过，我的心时常受到它们的伤害，又说不出它们是怎么伤害我的；有时我感觉自己仿佛在睡觉，好想醒过来，又不知道该怎么办。"

海伦转变了身体的朝向，看了一下海湾。夕阳即将消逝的余晖，透过云层照到她的头发上。瞬间，她看起来仿佛是海滨妖精的化身——那么神秘，那么不真实，那么地充满不可捉摸的魅力。

"看来，这个姑娘有着很大的可塑性！"利瓦伊斯这么想。

第二天，他就开始描绘图画。最初，他想以"海精的化身"为主题描绘她；他察觉她的情绪很容易变化，就改为"等待中的女人"——以绝望的眼光看着她憧憬的世界，凝视着海湾那边的女人——为主题，开始描绘她。

想不到这个主题非常适合她，描画的过程进行得相当顺利。

每当对工作感到厌倦时，他就会跟她在海滨一带徜徉；或者两个人一起划着她的船，直到河口一带。

最初，他想叫她出来时，总是非常吃力。看起来，她似乎很怕他。于是，他就对她说出了种种事情——也就是不至于叫她反感的、有关遥远外界的事情——他曾经旅行过的外国圣地，他碰到过的著名男女，以及有关音乐、美术等书本的事情。

利瓦伊斯提起书本时，一下子就碰触到了少女的心弦。每当他提起她感到有趣的事情时，她的面孔就会充满光辉，弥补了她的貌不惊人，使她看起来相当耀眼。

"我一直想要的东西就是书本，"她非常热切地说，"却苦于得不到它。我的婶婶很讨厌看到我阅读书本，她说看书就等于浪费时间呢！但是，我真的非常喜欢书本。凡是能得到的只字片语，我都会津津有味地阅读，但就是苦于得不到。"

翌日，利瓦伊斯带着他的德尼森诗集来到海滨朗读《国王的牧歌》给她听。

"实在太美啦！"这虽然是她脱口而出的唯一感想，那双陶醉其中的眼睛却已经表露了一切。

从此，凡是利瓦伊斯要跟海伦出去，必定携带书本——有时是诗集，有时是名作的故事集。她对于佳妙的文章都能很快地理解，而且能很快产生共鸣。

逐渐，海伦不感到害臊了，开始不断跟他交谈。对于他所居住的世界，她浑然不知；对于她自己所处的世界，她了如指掌。

对于海湾的种种传说，她知道得非常详尽。他俩常常沿岸走到各个未开化的隐蔽场所去冒险。她的视觉识别力相当好，有如画家一般，很懂得风景和色彩的效果。

"你应该成为画家才对！"

有一天，她看到一道光线穿过岩石裂缝，跨过深绿色的池塘照射过来，她很认真地指给他看，一直夸赞那道光线很美。

"我倒是很想成为作家呢！"她缓慢地说，"如果我能写出像你读给我听的那样的书，或者写出全世界的人都爱听的故事，我的命运一定会变得更好。"

"可是那些人里面，也不乏坏人和不够高贵的人，"利瓦伊斯很温柔地说，"而且，他们大多数都是不幸的人。"

海伦感觉话题就要接触到她敏感的部分，赶快撇开了那个话题："你知道我今天要带你到哪儿吗？"

"我怎么会知道呀？你要带我到哪儿去啊？"

"我想带你到凯尔毕洞窟——这个地方的人们都这么称呼它。老实说，我很不想去那儿。我一直认为那儿隐藏着某种叫人害怕的东西。不过，你还是想看看它吧？它是位于河口的一个黑暗小洞窟，两侧耸立着岩石的海角。退潮时，可以走到那

儿；涨潮时，潮水就会灌满洞窟。

"到了那个地方，务必要特别注意涨潮，绝对不能玩到潮水淹盖海角后再回来；否则，不善于游泳的人必定会溺死。那些岩石又陡又高，根本爬不上去。"

利瓦伊斯感觉到兴趣盎然："有人曾被潮水冲走过吗？"

"嗯……"海伦打了个哆嗦回答，"只有一次。在我还未出生时，一个姑娘到海滨散步，顺便到洞窟看了看，想不到就在那儿睡着了——不久潮水涨了起来，那个姑娘也就溺死了。那个姑娘既年轻又标致，原来是准备第二周结婚的。自从发生了这件事，我就一直害怕那个地方。"

这个危险的洞窟，前方是亮闪闪的沙滩，两侧有着高峻而幽暗的岩壁，是一处很适合作画的自然景观。

"某一天我一定要来这个地方把它画下来，"利瓦伊斯很热切地说，"海伦啊！到时你一定要打扮成水精凯尔毕的模样。你必须把头发缠绕在头顶，并且粘上一些海藻，坐在那个洞窟里。"

"你以为凯尔毕就长成那副德行吗？"海伦有如做梦一般地说，"我不相信凯尔毕真的长那样。我想他一定是充满了野性而邪恶的小海鬼，他只有恶意，喜欢捉弄人，而且生性非常残酷。他就宁静地坐在洞壁，等待牺牲者上门。"

"噢……即使凯尔毕真的像你所说的那样，我也不会害怕的。"利瓦伊斯一面找出诗人朗费罗的书，一面如此说，"不过如果传说全部属实的话，凯尔毕确实叫人不敢掉以轻心。在他出没的地方，我们实在不该说出这种话。这样实在太轻率了！好吧，我来念《船的建造》给你听，你一定会喜欢的。"

开始涨潮时，他俩已经踏上了归途。

"结果呢？我们并没有看到凯尔毕。"利瓦伊斯说。

"我们总有一天会看到的。"海伦很认真地说，"我想凯尔毕一定在他所住的幽暗洞窟里等着我。或许，有一天他会抓到我吧！"

对于这种不吉利的幻想，利瓦伊斯只是微微一笑；海伦瞬间也报以一笑。这时，潮水已经涨到了白色的沙滩上。太阳已经倾斜到西方，海湾浮现在淡青色的光辉里。他俩就在克拉姗海角分别。海伦去赶牛回家，利瓦伊斯则继续在海滨散步。

利瓦伊斯一直在想海伦的事情——想着刚才她表现出来的极大变化，他又想起了另外一张脸，也就是拥有有如海洋一般蓝色眼睛的漂亮面孔。接着，他就把海伦的事情全忘掉了。

夏天快要过去了。一天午后，利瓦伊斯对海伦说，他很想再到洞窟去一次；但是海伦并没有同去——当时正逢收获期，田园里需要海伦帮忙。

"你务必要小心，千万别给凯尔毕逮住啦！"她一本正经地说，"今天下午很早就会涨潮——你一旦工作起来，什么都会忘怀。"

"我会很小心的。"他笑着回答，心里也默默提醒自己；但不知怎么搞的，一旦抵达洞窟，那种病态似的魅力立刻袭击了他，使他在入口处的圆石上坐了下来。

　　"距离满潮还有足足一个小时，"他自言自语地说，"我可以利用这段时间，阅读评论杂志上的印象派报道，然后再沿着沙滩散步回去。"

　　阅读时，他突然进入了梦想的世界，旋即就以洞窟的岩壁为枕头沉沉地进入了南柯梦乡。

　　不知睡了多久，突然间，他由于恐怖惊醒了过来。确定了自己身处的位置后，他很快站了起来。

　　原来，潮水已经灌进来了！潮水老早就超越了海角的位置。他的上方、前方都耸立着无法攀登的无情岩壁，看来看去，连一条逃生之路都没有了。

　　利瓦伊斯并非胆小，但对他来说，生存之路似乎真的完全闭塞了。就这样——在洞窟里有如耗子般被溺死——眼巴巴地等待着急速又确定即将来临的死亡！想到这里，他非常不甘心。他撞到潮湿的岩壁后，他跟跄了几步。瞬间，天空、海水，以及逐渐沉入水中的海角、变成白丝涌上来的潮水，都在他眼前形成了一阵又一阵的旋涡。

　　不久，他的脑子又清醒了过来。他开始冷静地思考。到底还有多少时间呢？就算还能多一些，充其量也只有二十分钟左右吧？

　　好吧！既然死亡已经避免不了了，那就勇敢地迎接它吧！可是就这样干等——在毫无指望下干等，实在叫人受不了！这种情况下，在那致命的几分钟过去之前，自己必定会因为恐怖而发狂。

他从口袋里取出某种东西，把唇放置于上面。当他再度抬起头来，一艘船正绕过右侧的海角驶进来。船上坐着的正是海伦姑娘。

利瓦伊斯由于强烈的欢喜和感谢，脑中再度混乱。他奔到还未淹着潮水的沙地，走到了海角的岩场。在那儿，他听到了船碰到岩石发出的吱吱声。

海伦把船桨放下站起来，他有些冲动地把身子向前挪，抓紧了少女发冷的手。

"海伦，你真是我的救命恩人！我该如何感谢你呢？"说完这句话，他立刻闭上了嘴——她正喘着气，完全不做声地把全部心思集中在眼睛，目不转睛地看着他。从她的眼睛里，他看到了惊讶的事实。他放下她的手，仿佛吃了她的几记耳光，向后退去。

海伦并没有察觉到他的变化，紧紧地握着自己的双手，声音颤抖着说："我以为一切都太迟了呢！我从田园回家时，哈娜婶婶说你还没回来。我知道那是潮水快满了的时候——我的第一个念头就是你在洞窟被潮水困住了。因此，我奔到沼泽地划起了乔西门的船就走。如果我再晚一些赶到这里——"

说到这里，她打了一个寒噤，不再说下去了。利瓦伊斯坐上船操起了船桨。

"那时，凯尔毕以为自己已经逮到牺牲者了吧？"他尽量装作轻松地说，"因为无视于你的警告，我才会狼狈到这种地步，实在是罪有应得。好啦，归途就由我来划桨吧！为了赢过凯尔

毕，你几乎精疲力尽啦！"

于是就在一语不发之下，利瓦伊斯朝家的方向划着船。一路上，海伦一句话也没有说。当他把船划到停泊场时，他跳到岸上牵海伦下了船。

"我要到海角散会儿步，"他说，"我必须使神经松弛下来。你就快点儿回家休息吧！你不必再操心了——我会很慎重地对付大海的凯尔毕的。"

海伦沉默不语地走了。利瓦伊斯款款地走到了海角的方向。他对于自己刚才的发现，感到非常悲哀。以前即使做梦，他也没有想过这件事。他并非那种往自己脸上贴金的男人，更没有玩恋爱游戏的癖性。他万万料想不到——使那女孩的真心觉醒之时，竟会招来如此悲惨的后果。以前真正的目的，只不过是想救她而已！

天哪！他到底做了什么事情呢？

现在的利瓦伊斯根本无法让自己沉静下来。在良心方面，他大可不必自责；但他察觉到自己干了愚蠢的事情。当然，他得尽快离开这个地方，他也必须对她解释她非知道不可的事。他认为——老早就应该对她说了。

第二天下午，天气良好。利瓦伊斯在海滨描画时，海伦过来啦。她坐在一张折叠式的椅子上面，始终没有开口。利瓦伊斯感到焦躁不安，推开了身边的道具。

"这种地方真叫人无心工作呢！"他说，"这是梦一般的好日子——为了配合这种难得的天气，不应使劲工作；而且，我的假期也快结束了，实在懒得再工作了呢！两三天后，我就得回去啦！”

“怎么那么快啊？”海伦不动声色地说。

“是啊！我本来早就该回去了——再不回去，我的世界就会忘了我呢！这实在不是一件好事情。这个夏天带给了我很多的快乐，我实在不想离开这里。”

“明年夏天你不是还会再来的吗？”海伦急切地问，“你已经对我说过了，到时你还会再来的。”

因为有话不得不说，利瓦伊斯鼓起了很大的勇气。“我很可能会来，”他尽量以平淡的口吻说，“就是来，我也不会单独来。我最重要的人也会一道来——她就是我的妻子。我说海伦啊！没有对你提起她的事情，我实在很抱歉。不过，咱俩是一对很要好的朋友，就是现在跟你提起也不迟啊！她长得很标致，我老早就跟她订婚了。明年春天我俩就要举行婚礼。”

双方持续了一段短时间的沉默。利瓦伊斯以为会引起轩然大波，结果显示他的担心是多余的。

他吐了一口气——海伦仍然纹丝不动地坐着——他实在不敢正视她的面孔。海伦到底是否对他表示关心呢，或者这只是他的“自作多情”呢？

她非常沉着地开口说道：“真心谢谢你，告诉我有关‘她’的事情。她真的长得很标致吗？”

“嗯，这里有她的画片，你自己下判断吧！”

海伦从利瓦伊斯的手里接过了肖像画，凝视了一阵子——

那是描在象牙上面的细致画片——那张面孔的确很标致。

"你爱她是天经地义的事情。"她把画片还给了他，说道，"这么标致的人儿，真是罕见！"

利瓦伊斯拿出了德尼森的诗集："你希望我阅读哪一篇给你听呢？"

"你就阅读《艾伦》那篇吧！我想再听一次。"

利瓦伊斯对于海伦的选择感到一阵厌恶。

"你难道不喜欢其他诗篇吗？"他迅速地翻着诗集，这么说道，"《艾伦》那篇实在太悲哀了，我念《桂妮维亚》给你听吧！"

"不要，"海伦以一种缺乏生气的声音说，"《桂妮维亚》不能叫我产生共鸣。她虽然吃过苦，但是她的爱太不诚实了；谁知到头来，她又获得了男主角的爱——可是，渴望爱的人，求取爱的人，绝对不会浪费爱。艾伦浪费了爱，她的一生也就随之毁掉了！你就念那篇故事给我听吧！"

利瓦伊斯遵照海伦的意思做了。念完后，他把那本诗集送给了海伦。

"海伦，为了咱俩的友情和凯尔毕洞窟的回忆，你就接受这本诗集吧！关于你救了我生命的事，我是绝对不会忘记的！"

"谢谢你！"

她接受了那本书，抓了一些缠在沙地上的深红色海藻，郑重其事地把它们夹在《艾伦》的那一页，站起来说道："我必须回去啦！婶婶正等着我帮忙呢！利瓦伊斯先生，非常谢谢你送我这本书；你又一向对我那么亲切。"她说完时，利瓦伊斯松了一口气，她的沉着使他心安。原来，她并不十分重视这份感情，想不到是自己太敏感了些。一旦他走了，她必定很快就会把他忘怀。

两三天后，利瓦伊斯离开了。海伦面无表情地对他说了一声再见。那天的下午来得稍晚些，她拿着德尼森的诗集，从家里溜到海滨，悄悄地走到了凯尔毕洞窟。

潮水开始涨了起来，她就坐在利瓦伊斯曾经睡过的巨大圆石上面。对面是一片闪闪发光的青色海原。水平线那端，它们有如上百个妖精亡魂，闪出了阴沉沉的光。她的周围笼罩着岩石的影子。

前方出现了满潮时的白色线条。看样子，它们就要涌上海角了。只要再延迟两三分钟，就再也逃不了啦！她仍然一动也不动。

深绿色的海水淹没到了她的脚下，汹涌而来的波浪不断发出哈哈声，打湿了她的裙摆。她突然抬起面孔，嫣然一笑。

或许，凯尔毕会理解她微笑的意义吧！

# 海小子之谜

　　宾多利先生的车子驶入了前院，他的车子里坐着新来的夏季住宿客人。宾多利夫人和爱克妮一向过着农家生活，对于外来的客人，总是抱持着浓厚的兴趣，她俩常从客厅的窗帘后面窥视外面的一切。

　　宾多利夫人有着慈母似的笑容，面颊很丰满，呈玫瑰色。爱克妮的个子跟母亲差不多，有着满头的金发，是个窈窕的女学生。她的面孔很可爱，看得出再过几年就会变成桃花一般的美女。夏季住宿者的到来，对她的宁静生活来说是一件大事。

　　"她是否长得标致呢？"当那位住宿客人走上房子前面的斜坡时，宾多利夫人如此喃喃自语，"希望她是一个正派人。邪恶的住宿客人我是再也不敢领教了；不过，我喜欢她的面孔。"

　　宾多利夫人跟爱克妮进入客厅时，爱雪儿·雷诺已经站在了下面的门口。爱克妮以羞涩动人的眼光凝视着客人。

　　爱雪儿站在门口那棵巨大栗树下的石阶上面。树叶缝隙中露出来的阳光，刚好照射到她的上衣和光溜溜的头发。

爱雪儿的个子很高，穿着素雅的白色衣服；衣服有着优美而下垂的衣褶；腰带上面有着粉红色的玫瑰花；一顶惹人眼的白色大帽子把标致的面孔和光艳蓬松的头发遮盖了起来，绝对不会有人认为——如果她的头发不是红色的话，那该多好！

她的面孔——其颜色跟引人注目的红头发，以及紫罗兰色的大眼睛非常相配——洁白而无瑕。那张优美轮廓的面孔，如果没有红色的弓形美唇，将会给人一种独立心太强、性格太激烈的感觉。

宾多利夫人走上前去温柔地对她表示欢迎，她的双唇缓缓张开，露出魅力十足的微笑。

"爱雪儿小姐，你一定很疲倦吧？搭乘长途火车后，又搭乘了长距离的马车，你一定想好好休息一下吧？爱克妮，你就带爱雪儿小姐到房间去吧！等你们下来时，就可以喝茶了。"

爱克妮一直以朋友的羞涩和优雅的姿态陪着爱雪儿缓慢地爬上宽广的楼梯。宾多利夫人忙着端出茶水，把插着玫瑰的高脚杯放在桌上。

"约翰啊，那个姑娘仿佛是从画里走出来的！"她这么对自己的老公说，"我从没有见过那么标致的面孔——就连那样美丽的头发也没有见过呢！我做梦也不曾想到——红头发会有那么美。看起来，她似乎很容易亲近——完全没有淑女那种凛然不可侵犯的样子！"

"嘘！嘘！"爱雪儿搭着爱克妮的肩膀进入客厅时，宾多利先生示意他的老婆。

柔美的红发垂在额际，摘掉了帽子的爱雪儿显得更为标致可人。宾多利夫人隔着餐桌向老公暗示——你就对爱雪儿姑娘说些赞赏话吧，她老公取出肉类罐头后，慎重地说："爱雪儿小姐，这里既偏僻又静谧得离谱，出入的还都是些乡巴佬。你在乎吗？"

"偏僻又静谧才好呢！我一年到头在喧闹的市镇当教师，神经一直绷得紧紧的，当然喜欢静谧的地方啦！我又一向喜欢挥笔描画，只要稍有时间，就会满足自己这方面的愿望。去年夏季曾来这里的考德兰小姐说，没有一个地方比这里更适合作画呢！

"我知道这一带的海滨有青花鱼群出没，渔夫们都忙着捕鱼。我认为唯有深入渔夫群里，才有观察他们特点的机会，所以才来这儿。"

"噢……这里离海滨不远，的确，那儿的景色很美——我不熟悉那些渔夫，不敢妄自下评断。来自别处的人们都沉醉于海滨的美景，至于你所谓的'特点'嘛……只要深入到海角的那群人里面，就可以满足自己的愿望。总而言之，我没有仔细地瞧过他们。如果你对描画感到厌倦了，不妨解开他们的谜吧！"

"噢！还有待解的谜吗？那实在太有趣了。"

"是啊！眼前就有一道待解的谜呢！"宾多利先生很认真地说，"以前，始终没有人能解开这个谜呢！我老早就放弃啦！其他人也是这样。我想，你一定能进行得很顺利。"

"那是什么谜面呀？"

　　"所谓的谜面——"宾多利先生有点儿戏剧化地说，"是指有关'海小子'的事情，他本身就是一道谜题呢！去年夏季，也就是鲱鱼刚进来时，一个年轻小伙子突然来到了海角，没有人知道他是从哪儿来的。那小伙子向我购买了一艘船和海滨的一栋小屋，跟史纳菲共同创立了一家青花鱼公司——史纳菲向那小子传授他长年的经验，那小子则付出了所有的经费——史纳菲一向非常贫穷，因此他一直有受宠若惊的感觉呢！那个小子就在那儿，捕了整整一个夏季的鱼。"

　　"可是，他的名字真的叫'海小子'吗？"

　　"哦！那不可能是他的真名，他自称是布劳恩，但是没有人相信他的话——这一带的人从来就没听过那个名字。现在他居住的房子，是从以前在那儿捕鱼、带点儿神秘色彩的'海老子'那儿购买的。于是当这个小子突然出现时，海角的人就半开玩笑地叫他'海小子'。

　　"那小子对这种称呼毫不介意。他的脾气非常难以捉摸，一向不跟别人交往；但是海滨的人对他的印象并不坏。他虽然摆出一副冷漠的态度，但是大伙儿都相当喜欢他——史纳菲就是这么告诉我的。总而言之，他是我曾见过的年轻人中最俊俏的一个，也受过相当好的教育。总归一句话，他并非普通的渔夫。

　　"我们这些人就偷偷地谈论，那个小子很可能是亡命者——很可能陷入了绝地，或者干了什么见不得人的事，为了避免牢狱之灾才逃到这里。不过，我的老婆并不同意这种说法。"

　　"嗯……我当然不赞成啊！"宾多利夫人断然地说，"'海小子'时常来我这儿购买牛奶和牛油，他看起来是位卓然的绅士。就算他有某种理由在那个海滨浪费人生，我也不会相信他曾做过叫自己蒙羞的事。"

"我没有说他在浪费人生呀！"宾多利先生吃吃地笑着说，"他一直很认真地在赚钱呢！今年是青花鱼的丰收年，'海小子'的脑筋非常机灵，一旦干起活来，又比任何人都勤奋。他仿佛是一个机械人，每天天不亮就起身，拼命地干活，直到深夜还不停止呢！

"我觉得他实在勤奋得离了谱，于是好心好意地对他说：'我说"海小子"啊，你不要日夜不停地干活啦！你会挺不住的！你非好好休息不可了！你跟那些海角的人不同，他们或许挺得住，但你很可能会死掉的！'

"想不到，'海小子'却这样回答：'这有什么关系？根本就没有人会为我操心啊！'"说到这里，宾多利先生就不再说了。

听了这番话，爱雪儿的好奇心油然而生。在那个银色镶边的沙丘和广阔的海原舞台上，忧郁而充满了谜一样的男主角或许会带给她某种刺激。

"我真想瞧瞧那个乔装的王子，"她说，"听起来，仿佛是一个很浪漫的故事。"

"如果你不反对，喝完茶我就带你到海滨。"爱克妮很热心地说，"的确，'海小子'很优秀！"

大伙儿餐后站起来时，爱克妮又喃喃自语地说："父亲说'海小子'与众不同，他不喜欢他；可我个人却很喜欢。正如母亲所说，他是一位典型的绅士，我才不相信他会做什么坏事呢！"

为了等爱克妮，爱雪儿在果树林里徜徉。她坐在一棵苹果树下看书。不久，书本就从她的手中滑落，她的背斜靠在苹果树干上，垂下了她标致的面孔。她那双紫罗兰色的眼睛，浮泛出类似做梦的哀戚神情。爱克妮走过苹果树的林子时，这么想道："她可能不幸福。"

"不过，爱雪儿长得实在标致！"爱克妮这么想着，"想必这一带的人都会猛盯着她看！这一带的人都喜欢盯着我家的寄宿客人看，可从来没有一个寄宿客人长得像她那般漂亮啊！"

爱雪儿几乎惊跳了起来。"想不到，你会这么早来，"她很爽朗地说，"我去戴帽子，你稍等一会儿。"

旋即，两个少女就出发了。她俩走过收割后又长出绿油油牧草的田地，穿过起起伏伏的斜坡上的黑麦田，以及小麦田边草深及膝的小道。

翻越过沙丘之前，眼前展现出闪闪发亮的海。湿热的八月，海原带着一种淡青色，一直延续到淡红色云层所覆盖的水平线。无数的渔船点缀在闪闪发亮的海面上。

"最遥远处属于外海的那艘船就是'海小子'的，"爱克妮说，"他习惯在那个地方打鱼。"

"他真的像你父亲所说的那样吗？"爱雪儿基于好奇心问道。

"是真的呢！他就跟你一样，长相与气质都跟海滨的人不同。但我认为他并不幸福——噢，我们到啦！"她俩穿过沙丘，

走到了平滑的沙滩时，爱克妮这么说。

左边，海滨呈闪闪发光的白色圆弧状，右边是一栋小小的灰色垂钓屋。

"那儿就是'海小子'的家，"爱克妮说，"他日夜都在那儿生活。独自一人，难道不会很寂寞吗？的确，他浑身充满了谜——我去拿他的小型望远镜来。他曾对我说过，想要使用它可以随时去拿。"

爱克妮推开了门，爱雪儿紧跟在她的背后。室内的摆设很简陋，打扫得非常干净。狭窄的房间里，有一面小小的玻璃窗，太阳的光线由此溜进室内。

在一个角落里挂着简单的木梯，木梯通到阁楼；没有贴壁纸的板条墙壁上面，挂着打鱼时穿的外套、鱼网、钓青花鱼的钓丝；以及在海滨使用的各种器具；小小的火炉上挂着一个平底锅；低矮的餐桌上，散乱着慌慌张张吃完饭的残余物；墙壁旁有几张椅子；一只仿佛是从黑色天鹅绒上剪下来的胖黑猫，正在窗下睡觉。

"它就是'海小子'饲养的猫。"爱克妮抚摸着猫说道。

猫似乎很高兴，鸣起了喉咙，张开了惺忪的睡眼。

"这只猫是他唯一挂心的东西。威吉！威吉！你好吗？噢，望远镜就在这里。我们到外头瞧瞧吧！'海小子'正在捕鱼呢！"爱克妮用望远镜瞧着海上一只挨一只的船，继续说道，"至少一个小时之内，他不会回到这里。如果你不反对，我俩就到沙滩散步吧！"

太阳溜下了奶油色的天空，留下了横扫水面既像火又像粉一般的轨迹，到西方躲藏了起来；海鸥飞来又飞去；小小的螃蟹开始在海滨活动；太阳红色的边缘沉入了染成紫色的海洋后，船儿就陆续地回到了港口。

"几乎所有的船，都在朝海角转弯，"爱克妮指着突出的海角一带的人说，"他们既粗俗又低劣。我想你也弄不清楚'海小子'为什么会跟那些人搞在一起吧？你瞧，他把船帆扬起来啦！如果他现在起航的话，我们就能在天黑以前看到他。"

太阳在他背后留下残余的红色斑点时，她俩横穿过潮湿的沙滩急速地走回来。现在，海滨不再寂静了。点缀着垂钓小屋的地方顿时热闹了起来。穿着寒酸的男孩们，为了搬运鱼和水到处奔跑。船被拖到了滑板上面。

两个浑身毛茸茸的老渔夫，专程从海角赶来，正在"海小子"的小屋旁抽着烟斗。他们都想知道"海小子"到底捕获了多少鱼。

柔和的夕阳余晖照红了海洋和海滨。所有的情景叫身为画家的爱雪儿目不暇接。

爱克妮推了一下爱雪儿的手肘。"喂，你快瞧瞧'海小子'啊！"爱克妮指着滑板，小声地说着。在一只大船中有很多人在忙碌着。"你瞧！那就是'海小子'！他就在奶油色的船里，背对着咱俩呢！他正在数青花鱼的数目，只要他回过头来，你就能看得很清楚。如果你不反对，我们就去讨好吝啬的史纳菲老头，向他要一条青花鱼吧！"

　　爱克妮走开了，爱雪儿独自一人走到船的前方。爱雪儿走过男人们的身旁，来到"海小子"后面的高台时，那些男人都张开了嘴，很惊奇地看着她。

　　在爱雪儿与"海小子"之间，并没有第三者。所有的人都跑到了史纳菲老头的船周围。"海小子"以惊人的速度投掷着青花鱼，听到身后的脚步声，立刻转过头来瞧，如此一来，两人面对面地僵在了那儿。

　　"麦鲁斯！"

　　"爱雪儿！"

　　"海小子"背对着船桅跟跄了几步。他手里两条银色的青花鱼掉入了海里，俊俏而晒红的面孔变得苍白。

　　爱雪儿立刻沉默不语，急忙改变方向横穿沙滩快步走着。爱克妮感觉自己的手肘被碰了一下，回头一瞧，原来爱雪儿苍白着脸站在她身旁。

　　"我们回去吧！"爱雪儿假装沉着地说，"这里真潮湿——我好像着凉了……"

　　"天啊！"爱克妮后悔地叫了起来，"我那时应该叫你带披肩来的。一旦太阳下山，海滨都会很潮湿呢！史纳菲，请你给我一条青花鱼……谢谢您……爱雪儿，咱俩回去吧！"

　　爱克妮想询问爱雪儿"恐怖的问题"时，她俩已经走到了小径上。

　　"爱雪儿啊，你已经看到'海小子'了吗？你认为他怎么样？"

　　爱雪儿撇过了她的脸孔，故做镇静地回答："我只能在幽暗的地方看着他，那时的他看起来很像出众的渔夫。那个地方实在太暗了，不能看得很清楚——好吧，我们赶快走吧！我的鞋子完全潮湿了！”

一到家，爱雪儿就以疲倦为借口径直进了她的房间。

在海滨的"海小子"恢复了他的镇静，再度弯下身体干活。他的面孔变得僵硬，脸上毫无表情，褐色的脸颊燃成暗红色。他有如一部机器般抛掷着青花鱼，双手却不停地发抖。

史纳菲蹒跚地走到了船的方向。他说："'海小子'啊，你看到那个甜姐了吗？据说，她是住在宾多利先生家的客人。她呀，天生就是美人胚子，仿佛是从画里走出来的！"

"我说史纳菲，咱们没有多少时间可以浪费了！""海小子"以严肃的口吻说，"睡觉前，咱们得把这些鱼收拾完毕。所以，不要废话啦！办正经事要紧！"

史纳菲耸了一下肩膀，默默干起活来。"海小子"的话是绝对不能忽视的。由于渔获量颇多，一切工作做完后，差不多已经夜深人静了。史纳菲很满足地瞧着好几桶的青花鱼。

"乖乖……已经干了一整天的活啦！"史纳菲嘀咕着，"我感觉好累，简直就要累死了呢！我非去睡觉不可了。我说'海小子'啊，你准备去哪儿啊？"

"海小子"坐进小船后，立刻解开了船绳。他没有回答史纳菲的话就划起了小船。史纳菲茫然地看着"海小子"，直到小船消失于黑暗中。

"真邪门！难道他一点儿也不累吗？"他突然大叫了起来，

"'海小子'是否发疯啦？他到底在搞什么名堂呀？这么晚了，他想到什么地方去啊？"

史纳菲惊讶之余，甩了甩他散乱的头发。

"海小子"在黑暗的波浪间以稳重的手法划着船。从东方刮来的微风带来了潮湿的海雾，使水平线跟海岸线看起来更为漆黑。年轻的渔夫"海小子"，形单影只地处在水天相接、满是灰色之雾的世界里。隔了一会儿，他停止了划船，任凭船在波浪间漂流。

"怎么会那么凑巧，就在这里碰到她呢？"他喃喃自语，"长久伤心的岁月后，竟然发现她就近在咫尺。她实在太美啦！我觉得自己比以前更爱她了，这也正是我苦恼的原因。我从事这种辛劳的工作，处在一群粗野的人们当中，满以为如此就能忘怀了。结果竟然——"

想到这里，他握紧了自己的双手。他的四周侵入了无影无形、仿佛亡魂一般的浓雾，越来越浓。小船在大波浪中大幅度地摆动着。遥远的地方间歇传来了低沉的海洋嗫嚅声……

第二天，爱雪儿拒绝去"海小子"工作的海滨，却跑到了海角，整天都在涂涂画画。接下来一天她也是到海角挥动画笔。海角乃是海滨最富于诗情画意的地方，居住于那个地方的人都具有某种"特点"。

到了这种地步，爱克妮再也没有邀请过爱雪儿到"海小子"工作的海滨了。她也感到爱雪儿不想提起这方面的事情。

到了周末，宾多利夫人这么说："到底'海小子'发生什么事情啦？他整整一个星期没有来买牛奶跟牛油了，是不是生病了呢？"

宾多利先生因为感到有趣而吃吃地笑了起来："我就告诉你理由吧！'海小子'已经改到威尔登的店铺购买东西了。这个星期，我看到他进入威尔登的店铺两次了。我说玛莉啊，威尔登竟然击败了你！"

"他没有击败我的能耐！"宾多利夫人说，"我想，'海小子'是第一个喜欢威尔登牛油胜过我们家牛油的人。谁都知道威尔登的牛油风味很差劲，他只放了一半的盐——对啦！'海小子'一定是喜欢味淡的牛油。"

说罢，宾多利夫人很厌恶地把盘子敲得喳喳作响。由此可见，她对"海小子"的信赖已经动摇起来了。

在楼上的房间，爱雪儿的面颊上泪痕闪亮，正在振笔疾书。她紧闭双唇，双手不断地发抖，如此写着：

我知道自己无法挣脱命运的摆布，就算我千方百计地想逃出命运的牢笼，自以为已经做得天衣无缝；但是，命运之神总会出其不意地站起来跟我作对。我被折磨得精疲力尽，几乎不成人形了。为了求得心平气和，我千里迢迢来到这里——可结果呢？原来，最能扰乱我人生和平的"东西"，竟然是在这里。如今，它又正面对着我呢！

海伦，我要坦白地对你说："正直的告白乃是心灵最好的药品。"只要我一直保持这种心情，就等于对自己施了良药。

如你所知，我曾经跟麦鲁斯订婚。在没有任何理由的情况下，去年秋季，我们取消了婚约。因此，在我的心情还未改变以前，我要对你抖落一切，立刻把这封信投寄出去。

麦鲁斯跟我订婚已经一年多了。如你所知，他的家庭很富裕，排他性也很强烈。我只是一个微不足道的学校教师，麦鲁斯的父母认为我配不上他们的儿子，很不赞同我俩的婚事。关于这一点，也许，你也能想象得到吧！

现在，我冷静下来仔细想想，实在也不能怪他的父母。对于自己的儿子呵护得无微不至的上流阶级的双亲，当然很不希望自己的儿子跟身份较低的女性订婚。遗憾的是，当时，我并没有以这种眼光衡量这个问题。

我不仅不拒绝，甚至还助长了他的求爱——海伦啊！我是打从心眼儿里爱着他呢——麦鲁斯更是不管家族的反对，立刻向父母表白了自己的爱情。

他的父母在获知无法改变儿子的决意时，由于爱子心切，装成默认的样子。然而，他父母施恩似的态度叫我痛苦与苦恼！我一向以自己的看法衡量事物，对于他父母没有表面化的反对，一向非常敏感。正因为这样，我那颗被伤害的虚荣心，就立刻把麦鲁斯当成了牺牲品。

我对他的态度日益冷淡。他的忍耐力非常强，做法跟我完全不同。我的态度叫他感到十分气恼。我俩的关系逐渐变得紧张，以致动辄就会吵起架来。

有一天夜晚，我出席他母亲主办的家庭派对。到了他家后，我才发觉每张面孔都很陌生，几乎没有一个认识的人。麦鲁斯为了招呼母亲的客人，无暇顾及我。他匆匆跟我打了招呼后，就撇下我跟那一大群宾客周旋去了。

我不习惯那种社交方式，认为受了侮辱而愤慨。愤愤不平再加上嫉妒，于是我展开了一场乡下姑娘的复仇计划。那夜参加派对的一位男士——弗雷德，在我订婚以前曾不止一次地向我示爱。我为了气麦鲁斯，故意跟弗雷德表示亲热，不断地跟他眉目传情、有说有笑。

等麦鲁斯的忙碌告一段落前来找寻我时，我正跟弗雷德爱语呢喃，甚至没有察觉到他的来临呢！看到这种情形，他气得七窍生烟，头也不回地走了。那一晚，他始终没有在我的眼前出现。

我憋了一肚子气跑回家，也非常后悔自己做了那种不正经的事情。我就在心里想着，如果第二天夜晚麦鲁斯和和气气地来找我，我就会低声下气地求他原谅。

麦鲁斯的母亲看到我那种举止时，吓得几乎魂不附体。麦鲁斯本人也感到自尊心受创，当然非常愤怒。我跟他展开了一场舌战。

因为仍在气头上，我对他说了一大堆的蠢话，甚至一些大伤人心的话。我脱下了手上的戒指，抛给了他。那时的他发了一阵子愣，以轻蔑的眼光瞧了我一下，默默地走开了。

等我的愤恨平息后，我又感受到了非常悲惨的不幸。我领悟到——自己的行为实在太幼稚了。我也深深地痛感自己是如何地深爱着麦鲁斯。没有了他，我的人生将充满寂寞与空虚。

然而，他始终没有回过头。不久，他竟然凭空消失、杳如黄鹤了。有人说，他到外国旅行去了。到了这种地步，我只好暂时收起泪水，有如一般人继续过自己寂寞的生活——经过了那段生活方式后，我才变成了一个考虑周详的女人，也变成了一个气质良好的人。

这个夏季，来到此地后，我听说有一个名叫"海小子"的人物。因为他的身边充满了谜，我感到非常好奇；有关他的传说又充满了浪漫的气氛。于是有一天夜晚，我就跟爱克妮小姐去看他。

海伦，"海小子"原来正是麦鲁斯呢！

那一瞬间，我感觉天空、陆地以及海洋都在旋转。最后我背对着他悄悄地走开了。所幸，他并没有追上来。

说到了这里，你一定会明白，我为什么尽量避开海滨了吧？自从那一次，我俩就再没有见面了，他始终不想见我。他很露骨地表示，他在轻蔑我。

嗯……说实在的，我也非常轻蔑自己。海伦啊！我实在非常不幸。这种所谓的不幸，并非全部为了我自己。麦鲁斯的行踪不明，他的母亲感到悲恸欲绝。由于我内心沉痛，也能体会到他母亲内心的无奈，我再也不恨他母亲的高傲了。

下个星期，我就要离开这里了。到时，咱俩再见面详谈！

凉爽的黄昏时分，爱雪儿跟爱克妮到外面寄信。她俩站在乡村的一间小店里时，一个年轻人拐过弯走了过来。他就是"海小子"。他穿着粗陋的渔夫装，背着一个巨大的鲱鱼网——不管他如何变装，仍旧掩盖不了他高贵的气质。

一看到他，爱克妮就嚷了起来："'海小子'！你最近都不上我家来，到底是为了什么呢？"

"海小子"并没有回答，只是礼貌性地摘下了他的帽子打了个招呼，一转身就走了。

"咦？真是叫人意想不到！"爱克妮反应过来后，就嚷了起来，"想不到'海小子'竟会这么对待朋友！他一定是为了某件事情在生气，到底是为了什么事情啊？"爱克妮的好奇心胜过了她的愤慨。

走到外面，她俩看到"海小子"寂寞的身影正走过稍暗而寂静的海滨。在薄暮里，爱克妮并没有察觉到，爱雪儿苍白着脸正在流泪。

"刚才，我去过海角，"一个星期后一个湿热的午后，爱克妮对爱雪儿说，"萧义夫说今天他不打鱼，如果你想去那边画画的话，今夜他可以划船带你去。"

爱雪儿煞有介事地收拾绘画的道具，脸色看起来十分憔悴，好像疲惫不堪。后天她就要走了，这将是她最后一次访问海滨。

日落的一个小时之前，一只船从海角的阴影滑了出去。船上坐着爱雪儿、爱克妮以及船主——小个子、具有淡茶色头发的萧义夫。

那个夜晚十分晴朗，吹到外海的风叫船上的一伙人感到凉

爽无比。很遗憾的是——他们三个人都没有注意到西北方铅色的云层。

"这种黄昏实在太宜人啦!"爱雪儿说道。风把她的帽子吹到脑袋后面,那些红色的鬈发贴到了脸上。

爱克妮有些不安地瞧瞧四周。关于海洋的知识,她知道得比同伴爱雪儿多,因此发现了自己并不喜欢的征候。

跟史纳菲一块站于滑板上的"海小子"惊骇之余把望远镜放了下来。

"啊!她俩不就是爱克妮跟她家的住宿客人吗?"他很不安地说,"她俩又跟萧义夫在一起!他们坐的那只船会漏水呢!不久暴风雨就要来啦!他竟然浑然不知,他的眼睛到底长在哪儿啊?"

"那个萧义夫还没学会自如地操纵那只船呢!"史纳菲嚷叫起来,"你就打信号叫他快回来吧!"

"来不及啦!""海小子"说,"他们已经划得太远了!不过,那场暴风雨不会很大的。只要船不漏水,船上的人懂得操作的话,根本就不会有问题。不过,以萧义夫来说嘛……"说着,"海小子"在狭窄的高台上不安地走来走去。

船已经漂到了遥远的外海。微风变成了强风,黑暗的水面起了波浪。

爱克妮不安地说:"不好啦!波浪变大啦!我们最好赶紧划回去;否则,小船将会被雷雨卷入大海。你瞧瞧这些云!"悠长而阴森的风儿的呼啸,证明了爱克妮的话。

"我说萧义夫啊，咱们赶快回去吧！"

萧义夫也察觉到了事态的严重性，惊骇地瞧了一下四周。两个少女以惊讶的眼光面面相觑。

天空顿时漆黑一片，雷声大作。惊心动魄的闪电朝水平线突进。

粗大的雨点下来时，萧义夫急急地把船头调转回去。

"啊！爱雪儿，船底在漏水呢！"爱克妮的尖叫声比风声还大，"海水灌进来啦！"

"那么你俩就快舀水吧！"萧义夫一面跟风格斗，一面喊叫着，"座席下面有两个铁罐子。我必须把船帆收下来，你俩就帮着舀水吧！"

"好的！"爱雪儿喊道。

她的面孔一片苍白，却很冷静。两个少女就开始拼命地舀水。"海小子"透过望远镜看着船上的三个人。他收好望远镜，苍白着脸，有如下了很大的决心奔向了自己的船。

"不好！那只船开始漏水啦！史纳菲你把船推出来，我看是非去不可啦！那个萧义夫会叫她俩溺死的！"

雨水倾盆而下，大雨不断地肆虐，一切都变成白蒙蒙的，几乎连海陆都分不清楚了。就在这时，他俩从海滨划了出去。

"啊！'海小子'来拯救我们啦！"爱克妮喊道，"只要他能及时赶到，我们就得救了。这只船眼看就要沉没了！"

萧义夫由于恐怖过度，气力完全消失了。两个少女虽然不断地舀水，海水还是不停地灌进来。

就在千钧一发之时，"海小子"赶到了。

"萧义夫，你跳过来呀！"当"海小子"的船碰到萧义夫的船侧时，他大声地喊叫起来，"用最大的力气跳过来！"他喊叫着把爱雪儿拖了过来。爱克妮也仿佛猫一般跳到了船上。

闪电在头上亮起来时，萧义夫拼命地往"海小子"的船上一跳，危险终于过去了。海上的风雨对于"海小子"与史纳菲来说，根本就不是问题。抵达了海滨以后，已经完全解除恐怖心理的爱克妮，卷起了浸湿的裙摆跟史纳菲一起走回了家。

"已经不下雨了，"爱克妮很爽朗地说，"我会请父亲驾马车来接爱雪儿的。'海小子'，你就在你的小屋里生个火吧！叫爱雪儿烘干衣裳，我会很快叫父亲来的。"

"海小子"把爱雪儿抱入了小屋里，叫她在椅子上面坐着，迅速地生起了火。爱雪儿痴痴地坐在那儿，把自己滴水的红发拢到后面。"海小子"回过头，以热情的眼光看着她；她伸出了潮湿的纤手。

"啊，麦鲁斯！"她如此嗫嚅着。

屋外，强风毫无忌惮地摇晃着这栋破旧的建筑物，把恐怖的海撕裂成了粉末；屋里，"海小子"所生的火立刻使简陋的屋子充满了温暖。

"海小子"用他的臂膀环绕着爱雪儿，使她的头垂靠在他的肩膀上，坐在了她的身旁。她的眼眶里噙满了幸福的泪水，颤抖着说："麦鲁斯，你能原谅我吗？如果你知道我如何痛苦地后悔的话——"

"不要再提起过去的事情啦！我在这个海滨消磨着寂寞岁月时，除了我心仪的人，什么事情都忘得一干二净了。"

"麦鲁斯，你为什么来这个地方呢？我以为你去欧洲了呢！"

"最初，我的确到过欧洲。我是因为很偶然的机会来到这里的。我决定在这里挥别自己的过去，借此把你忘怀；但是我仍然办不到啊！""海小子"如此说着，对着她微微一笑。

"你不是明天就要走了吗？看来，咱俩不能一起离开这里了呢！你要怎么对爱克妮解释这件事情呢？"

"我想，咱俩什么话也不说比较好，我将按照预定计划明天离开。你随后就回来吧！你就永远把这个'海小子'之谜留在这里吧！"

"那是再好不过的做法——我们就那样做吧！就算咱俩怎么解释，也只是白费力气！等我离开了，他们一定会捕风捉影地说——我必定是个杀人犯，不然就是个印制伪钞的人。他们都相信，我有很可疑的过去。爱雪儿啊，咱俩都不属于这里，我们就再度回到咱们的世界去吧！经过这么多年的波折，我家里的人一定会欢迎你的——他们应该已经学到了很好的经验。为了我的幸福，相信他们什么事情都肯做的！"

第二天，爱克妮用马车把爱雪儿送到了火车站。刮在海上与陆地的风，似乎把滞留于空中的水蒸气、忧闷以及湿热都吹散了。

爱雪儿热情的眼泪洗刷了之前悲惨世界的罪恶和污点，使这个世界重新变成了亮闪闪的美丽世界。

爱雪儿喜不自胜，爱克妮则对爱雪儿的变化感到不可思议。"再见啦，爱雪儿小姐，"她有点儿依依不舍地说，"你还会来看我的吧？"

"一定会的，"爱雪儿微笑着说，"如果我没有来看你，你就来看我吧！到时，我将会告诉你一个惊人的秘密。"

一个星期后，"海小子"突然消失得无影无踪。自从他杳如黄鹤后，海滨的人们议论纷纷。他的消失与他的来临同样是个谜。他把船只跟小屋卖给了史纳菲，卖掉了所有的青花鱼，神不知鬼不觉地脱离了海角人的生活，永远消失了。

在海角的那些人中，萧义夫是最后看到他的人。他看到"海小子"在秋天的黄昏里，独自一人朝火车站的方向走去。翌日早晨，爱克妮到海滨时，在"海小子"的小屋石阶上看到了一个笼子。笼子里面有一只喵喵叫的黑猫。它的脖子上挂着一张卡片，上面如此写着——爱克妮，为了纪念你跟"海小子"的友谊，请你抚养威吉吧！

# 两个乔治

　　几天来，所有的预兆都在指示同一件事情。身高五英尺一英寸的大乔治，一直在责怪自己为什么没有察觉到那些前兆。星期一整整一天，狗儿索鲁多都以阴气沉沉的声音吠叫着。

　　星期二，身高六英尺二英寸的小乔治，把使用了四十年的刮胡用的镜子摔得粉碎；星期三，大乔治在地面上看到了一根针，却无法将它捡起来。

　　星期四，小乔治到龙虾的罐头厂时，竟然走在了汤姆·阿毕鲁的梯子下面；星期五，吃晚餐时，大小两个乔治都倾倒了食盐罐。

　　就这样，不幸的事情不断发生，是否有些不可思议呢？吃完了那餐决定命运的晚饭后，小乔治悄悄地走去参加海角的抽签会，第二天早上终于引起了轩然大波。

　　大乔治并不迷信。不管是倾倒的食盐还是打破的镜子，对善良的长老派教会信徒来说，都不算回事。他非常相信梦境，关于这件事情,《圣经》上也有记载。

两个星期前,他做了一场可怕的梦。梦里,满月瞬间就变成了黑色;接着又变成了土黄色,逐渐接近地面……快接近地面时,他发出了一阵很苦恼的呻吟,声音好大,几乎打破了利德丝普四周的静寂之夜。

发出了苦恼的呻吟后,大乔治就苏醒了过来。

整整四十年之久,大乔治都把他的梦境详细地记载下来。他回忆了那些梦以后,认为没有任何梦会比这一次更叫他害怕。

最近,海湾竟然会发出奇特的声音来。据说,当"老妇人的海湾"发出这种声音后,最近几天就有人会发生不幸。

小乔治并没有把这件事情跟察贝尔海角的抽签会(为了援助"老水手之家",利益船长所举办的慈善会)联系在一起。

小乔治跟大乔治本是一对堂兄弟。大乔治比小乔治年长六岁,打从孩童时起,"大"这个形容词就一直跟随着他。这两个乔治都是老水手,一直在沿岸打鱼。他俩在利德丝普湾的小乔治家共同生活了三十年。大乔治一直单身,小乔治却是鳏夫。

小乔治很久以前曾结过一次婚,时到如今,大乔治已经原谅了小乔治那次的婚姻。

大乔治认为隐居渔夫的生活非常单调,为了使他俩的生活带点儿活力,大乔治时常搬出小乔治结婚的事情,又是揶揄,又是跟他争吵。

他俩都搭不上美男子的边,不过,两人从来就没有因此而烦恼。大乔治的面孔横向发展,下巴留着红色的胡子。他不会烹饪，但是会洗盘子，更善于修理各种东西，还会织袜子，甚至会作诗呢！

大乔治喜欢往自己的脸上贴金，自称是诗人。他会写叙事诗；虽然长得瘦小，但他能以很大的声音朗读自己所作的诗。他一旦陷入忧郁之境，就会自怨自艾地说，自己实在不该丢下诗人的天职委屈自己。他还振振有词地说，这个世界的绝大多数人都会堕入地狱。

"俺本来就应该做个诗人！"他时常以悲哀的口吻对自己饲养的黄色猫说。

猫一向都会同意他的话，小乔治则时常哼着鼻子表示轻蔑。

如果说，大乔治有什么值得骄傲的话，那就是他的手背上刺有猫的图案。那只刺青的猫栩栩如生，要跳出来似的。在政治方面，他拥护自由党，床边墙壁上贴着加拿大政治家罗利耶的照片。他也认为利德丝普湾是世界上最美丽的地方，每当有人跟他唱反调时，就会大发雷霆。

"如果从大门口的石阶处能够看到寂静的蓝色海洋的话……"有位作家问他是否认为利德丝普太叫人寂寞时，他这么回答。

"那只不过是诗人的感慨罢了！"小乔治为了避免那位作家把大乔治看成头脑有问题的家伙，在一旁帮腔。

大乔治期盼着那位作家能够把他所说的话全写下来，小乔治则害怕作家真的会把那句写下来。

比起大乔治来，小乔治实在"大"得离了谱。小乔治布满

了雀斑的面孔，事实上有一半属于额头。从鼻子往双颊蔓延的大赤褐色血管，看起来像只大蜘蛛。

小乔治留着"U"型的灰色胡子，看起来并不适合他。不过，他为人温和爽朗，一向以烹饪手艺的高超而感到骄傲。

以政治方面来说，他最崇拜的人物是加拿大第一任首相约翰·麦克纳德卿，照片就放在时钟旁边。他有一种莫名其妙的嗜好，那就是从印第安人的古坟中收集头盖骨，并把它们带回家。他每次这么做，大乔治就会责骂他，说那是异常又低劣的行为，实在不像长老派教会的信徒。话虽这么说，头盖骨仍然不断地被拿了回来。

直到三更半夜，小乔治才从抽签会回来。因此，这次的爆发才能延迟到第二天的早晨。

小乔治把他拿回来的纸包打开，看着它，摇了摇头，把它放在了时钟棚上面端详。他一面感觉到自己很欣赏它，一面又略感不安。

"这个女人的雕像实在很美妙，"他如此喃喃自语，又看看肚子上面放着黄猫在床上睡得香甜的大乔治，"不过，他会如何看待这个女人的雕像呢？俺实在说不出来。对于这种玩意儿，牧师又会有什么想法呢？"

小乔治这么喃喃自语着，不久就睡着了。黑夜里，早晓女神奥洛拉在时钟旁看着入睡的两个老头。清晨，大乔治醒过来时，第一眼看到的东西就是"她"！她正沐浴着扫过港口的金黄色太阳光线。

"咦？那是什么玩意儿呀？"大乔治喃喃自语着，以为在做梦呢！他从床上跳起来，把发脾气的猫儿赶开，走到了"她"的旁边。

"这并不是梦，"他很疑惑地说，"那是雕刻品，是裸体的雕刻品！"

原来蜷伏在小乔治脚边的狗索鲁多，紧跟着猫玛吉跳下床。这场骚动使小乔治醒了过来，睁开惺忪的睡眼，问大乔治到底发生了什么事情。

"乔治·毕尔！"大乔治以嫌恶的口吻说，"那是什么玩意儿啊？"

"噢……你是说那个吗？那是一个石膏雕像啊！昨天夜晚，我在利盎船长的抽签会抽到了五等奖。'她'不是很标致吗？"

大乔治拉高了嗓门大嚷："什么？你说'她'很标致？那根本是个猥亵的东西！下贱极啦！请你把它丢到离海湾远一点儿的地方去吧！"

如果大乔治没有这么大发雷霆，小乔治或许会想到牧师所说的话。本来，小乔治就存着一种不安的心理，只要大乔治不那么嚣张，他很可能会依照大乔治的话去做；但他实在太霸道了，于是小乔治也不认输，"俺才不要把'她'扔掉呢！"小乔治以冷淡的口吻说，"俺就要一直把'她'摆在那儿。好啦！你不要再吼叫啦！你瞧！你那几根头发都竖起来了。"

大乔治并不是存心使他残余的头发竖立起来的，他的那些赤红色的胡子却由于愤怒发出了声音。他以瞪眼睛吹胡子的德行，在房间大踏步地走过来走过去；刚开始他咬着右手，接着又咬起了左手。

狗儿索鲁多奔到了外头，猫儿玛吉也退出了房间，准备让两个乔治奋战到底。

"别说是裸体的雕刻，就是任何种类的雕刻也不宜摆在室内，这是违反神意的事情。它说过：'你们不宜制造任何的雕像！'"

"咦？那并不是俺雕刻的啊！俺也没有崇拜'她'……"

"是吗？原来，'她'是法国制的廉价货！"

"才不是呢！'她'是德国制品。雕像的底座刻有她的名字——她就叫奥洛拉。她只是一个普通女人罢了！"

"你以为使徒保罗会同意把那种东西放置于身边吗？"大乔治理直气壮地问，"或者，麦克纳德卿也会那样做吗？"大乔治以为这么说就可以动摇小乔治。

"俺想——圣保罗不可能跟你一样讨厌女人吧？麦克纳德卿竞选时，为了打败克利兹已经忙得不可开交了，哪有多余的时间观赏艺术品呢？大乔治啊，你就别咬拳头啦！你想想看，你的穿戴是否像个人。瞧瞧那个作家吧！他在河源的夏季别墅里至少有半打的雕刻品呢！"小乔治从衣架上拖下一条裤子，这么说道。

"难道，他堕落了，你也要跟他一起堕落吗？你就想想自己不灭的灵魂吧！"

"今天俺不想任何事情，"小乔治很冷静地说，"你的脾气发完了吧？那么你就把锅子放在炉灶上面吧！吃过早餐你的情绪会转好的。饿着肚子的人，哪能鉴赏艺术品呢？"

听了这些话，大乔治狠狠地瞪着小乔治。他把门打开，抓起铁锅，狠狠地抛到了门外。锅子"当当"地滚下岩石，掉到了沙地的海湾。狗儿索鲁多跟猫儿玛吉奔出去追逐铁锅。

"俺一直认为——有一天你会跟俺闹翻的，"小乔治有些阴气沉沉地说，"你实在太吝啬了，就像小心眼儿的女人！如果你的胸怀不那么狭窄，就算看到了石膏像女人的脚，也不会愤怒成那副德行。你就瞧瞧自己的德行吧！你的衬衫又不扎进裤子里，俺说你那双腿啊，比起石膏女人的腿来，更没有艺术价值呢！"

"俺为了表示愤怒，把你的旧锅子抛了出去！"大乔治怒吼着，"这个家里，不能摆那种裸体的女人像！"

"你就更大声地咆哮吧！"小乔治说，"这个房子本来就是我的！"

"噢……你说对啦！这个房子确实是你的！俺就坦白对你说吧！这个房子无论对你还是对我，甚至对你的狗儿来说，都嫌狭窄了点儿。"

"并非只有你一个人有这种想法，"小乔治说，"最近哪，你说话总带着火药味儿。"

到了这个时候，大乔治不再在室内走动。他的身上只穿着一件衬衫，为了对小乔治发出最后通牒，叫醒他的迷梦，他试着使自己带上几分威严。

"告诉你吧！俺已经忍无可忍啦！这么多年来，俺都在忍受你带回来的头盖骨。现在俺受不了啦！如果你要留着那些头盖骨，俺就要出去啦！"

"你要出去还是留下来，悉听尊便。俺仍然要把奥洛拉的雕像放置在那儿！"小乔治这么说完后，为了捡回大乔治摔掉的铁锅，大踏步地走到了岩岸。

那是一顿气氛很阴郁的早餐。大乔治已经下了很大的决心，小乔治却一点儿也不在意。上个星期，大乔治偷吃做点心用的葡萄派时，他俩曾吵得比这次更厉害。等吃完了沉默的早餐时，大乔治从床下拖出了一个陈旧的旅行箱，把他仅有的家财道具塞了进去。

这个时候，小乔治才知道重大的危机来临了。"其实，这也不值得大惊小怪。大乔治绝对无法凭威胁的手段叫我放弃奥洛拉的。因为那是俺抽到的，既然是抽到的，俺就要继续拥有它。大乔治就到'泉之国度'去吧！"

小乔治认真地想着"泉之国度"。自从他从牧师的嘴里听到这句话后，就认为它比"地狱"两个字更响亮。

长年以来，大乔治一直把罗利耶的照片挂在床铺斜对面的棚架上面。现在，连同白帆红船模型，他把他们一起收入了旅行箱。这两个东西是他私人的物品，至于他俩共有的那几本藏书就成为问题了。

"俺应该带走哪些书本呢？"他冷淡地问。

"你喜欢的书，都可以带走。"小乔治一面取着烤面包用的铁板，一面对大乔治说。

其实，大乔治喜欢的书籍只有两本。一本是约翰·福克斯的《殉教者书》，另一本是约翰·马多克的《其恐怖的壬白与死刑执行》（约翰·马多克为加拿大的移民，由于惨杀了自己的弟弟，1929年在加拿大北部的布洛克被处绞刑）。

小乔治眼看着大乔治把那些书本放入了旅行箱，差一点儿就嚷叫了起来。

"《殉教者略传》和全部的一毛钱小说都留给你，"大乔治这么说，"那么，猫和狗怎么处理呢？"

"你就带着猫走吧！"小乔治量着面粉说，"它跟你的胡子非常配合。"

"那么，罗杰灵应盘呢？"

"你就带走吧！我不想跟恶魔交易。"

大乔治封闭了旅行箱，用绳子绑了起来；把挣扎的猫儿玛吉放入了袋子里，把袋子挂在了肩膀上。他拿了一顶帽子戴在头上，看也不看正在制造葡萄派的小乔治一眼，走出了房子，朝岩场大踏步走去。

小乔治仿佛不相信眼前发生的事情，一直到大乔治消失于视界中，才扭头瞧了瞧摆在时钟旁的美丽的石膏像。

"俺说美人啊！那家伙容不了你呢！俺实在不敢相信，他真的走啦！可换成是俺的话，俺也会遵守诺言啊！总而言之，从今以后，我再也不必忍受他的诗了，耳朵也不会再感到疼痛了。"

小乔治相信，只要恢复了冷静，大乔治就会回来的，却忽略了大乔治的顽固和强烈的个性。

小乔治最初听到的消息是——大乔治租了汤姆·威金斯的

小屋居住，不过，猫儿玛吉并没有跟他一块儿住。大乔治并没有回来，猫儿玛吉却回到了老家。

猫儿玛吉被放入袋子里带走的第三天，就悄悄地溜进了小乔治家的窗户。小乔治让它进来，给它东西吃。小乔治不能眼看着不能言语的动物饿死。猫儿玛吉一直待到星期天。星期日那天，小乔治知道大乔治会到教会做礼拜，就让他把猫带了回去，想不到猫又回到了小乔治那儿……大乔治前后试过三次，都是徒然，他只好放弃了。

"俺真的那么喜欢他那只黄色的猫吗？"大乔治对那个作家说，"其实，俺不见得喜欢那只猫。俺最受不了的一件事情是——那家伙明知猫会跑回去，才叫猫来去自如。那家伙一直幸灾乐祸地对别人说，一旦俺受不了吃咸鱼的生活，就会想起他烹饪的美食，悄悄地回到他身边。"

"俺并没有像他所说的一般，那么重视自己的肠胃。你想必还记得吧？上个月，那只好吃的'猪猡'曾为自己藏了一块葡萄派，俺只吃了那么一小片，他就大发雷霆。他还说过，像俺这种喜欢喋喋不休的人，住在这个地方实在太寂寞了！"

"乖乖……居住在这里，俺才不会寂寞呢！说实在的，这里非常适合俺。你瞧瞧眼前的风景吧！俺是大自然爱好者，尤其偏爱月亮。海角牧草地的那些牛，乃是俺百看不厌的东西呢！这些东西都是我最喜爱的伙伴。不错，小乔治有他的优点，他烘烤的蓝莓布丁和水果派，最能满足空荡的肚子；可是除了吃，俺至少还有一颗思考的心呀！"

两个乔治的闹翻，在罗斯河和海湾一带引起了很大的骚动。没有一个人认为他俩能敌对很久，不过，在他俩的对立中，春季跟夏季都过去了，人们也不再期待他俩能言归于好。

原来，毕尔家代代都出冥顽不灵的人。这两个老头对于彼此的恶劣习性都无法容忍。偶尔在路上碰到时，彼此都忘不了大眼瞪小眼一番，再装聋作哑地走开。他俩一直在纠缠邻近的人和过路人，希望别人能听听自己遭受的委屈。

"大乔治逢人便说，俺拐了他那只猫。乖乖……这是从何说起啊！俺怎会中意他的猫咪呢？撇开它时常咬死耗子叼到屋内不谈，夜晚还要睡在我的肚子上面呢！如果他给猫东西吃的话，它也不会回到俺这儿了。对于受虐的动物，俺是特别同情的。

"那家伙又自以为风雅，不时地谈及牛儿和月亮。反正啊！只要他感到幸福就成了。如今哪！没有人笑他，他的声音仿佛是来自坟场的悲切声音；更没有人嘲笑他，他那活像咬碎芜菁般的声音。他是可以自由自在地吟自己的诗了。

"俺已经忍受他的声音好几十年了，可从来就没有为此发过牢骚啊！有时，他仿佛被戳了一刀，吱吱尖叫；偶尔他也会开怀大笑、傻笑，甚至咕噜咕噜地鸣着喉咙笑。当他对俺说，长老派教会的信徒不应戴耳环时，俺立刻就把耳环取了下来。

"他星期天为了祷告，通常很早就起床。有人说，他的祷告方式不够虔敬……他的祷告嘛……有如你我说话，对着神说话。俺不管他虔敬还是不虔敬，最不敢领教的一点是——在祷告中他不停地挥舞双手，据说是在打恶魔。不过我也没有为这事而

大惊小怪啊!

"对于大乔治的一切缺点,我向来都是睁一只眼闭一只眼。想不到,俺把奥洛拉的精美雕像拿回来时,大乔治却连续摔掉了三件东西!俺实在忍无可忍啦!说实在的,与其跟他在一起居住,俺宁愿陪伴奥洛拉那个没有生命的东西。'她'绝对不会有如大乔治一般,摸入食品贮藏室偷吃我份内的东西。关于这一点,俺实在很不愿提起……等俺有空的话,俺就说给你听听。"

"那个白痴的小乔治,一面想象着在俺坟上散花,一面在打发无聊的时间呢!"大乔治如此对牧师说,"他一向对我的祷告嗤之以鼻。他还厚着脸皮说,我的祷告妨碍了他的睡眠,希望我把祷告缩短。

"叫我把祷告缩短?门儿也没有呢!俺不仅不把祷告缩短,还要把它拉成两倍的长度。俺对于他的缺点一向很能容忍。譬如他的狗跑到我那儿,把俺最重要的证书几乎咬成碎片,但俺始终没吭气。

"据说,我那只猫又生了一窝小猫,总共有三只。小乔治表示要送一只给我。"

不久,大乔治听人家说,一些来河流上游度假的人们,以为小乔治就是诗人而叫他朗诵诗篇,他差点儿就昏倒了。最叫大乔治匪夷所思的是,小乔治真的为那些人朗诵了诗篇,自始至终,他都没有否定自己是真正的诗人。

"从偶像崇拜到诗的盗作,我都可以想象得出来。你也不难判断他是个如何堕落的人了吧?

"或许,寡妇泰莉丝会叫他改变吧。

"依俺看,小乔治是以英镑为单位购买她的吧!而且啊,她已经结过两次婚了。她的老爸是酒鬼,曾经穿着睡衣在教会的通路行走。乖乖,他是穿着睡衣呢!小乔治实在很可怜,他一定会上这个女人的当的。他就坐在教会里面,有如一只沉醉的狗看着那个女人。依俺看哪,下一次,他就会在窗下为那个女人演奏小夜曲啰?

"过去,俺这么对小乔治说:'你那种哭号般的声音也能称为音乐吗?'而且啊,泰莉丝家的人根本就不懂音乐。那个婆娘嫁给他也不可能幸福的……关于小乔治的事情,简直多如牛毛呢!"

大乔治对小乔治的结婚计划一向激烈反对。他对世人说,那个女人又胖又蠢,是一无是处的母兽,更是凶巴巴的母老虎,还附加了一句——他非常同情小乔治。"这个家伙好可怜,就快上圈套了,还浑然不知呢!为何非接受两个男子的遗孀不可呢?泰莉丝是个扫把星,她曾毁灭了两个男人!"

早晓的白色女神——奥洛拉仍然站立于时钟的棚架上面,"她"端正的双脚却蒙上了灰尘。

春季跟夏季都过去了,甚至晚秋已经来临。罗斯河一带的居民把海藻囤积在房子的四周。夏季的寄宿客也都走了——除了那个作家,他一直关在自己的小屋里,准备等海湾全部冻结后才回去。

某个夜晚，大乔治在海滨散步，一直走到了海角的灯塔。他的身体有好几处罹患风湿痛，不过，他认为灯塔必定会有好几位朋友在那儿，与其闷坐在家里，还不如把黄昏耗费在社交上，如此对于自己的神经比较有益。

短暂的白天，漫长的夜晚，一个人感到格外郁闷。威金斯那所简陋的房子，时常会吹进寒风。进入灯塔跟那些朋友聊天时，灯塔看守的老婆可能还会请大家吃晚饭呢！大乔治的烹调功夫还不到家。他认为自己的年龄对于学习烹饪来说，已经太晚了！话虽这么说，他还是尽量不去想小乔治烘烤的甜布丁和水果派等食品。想到了这些东西，他几乎就要流出口水，感到非常痛苦。

那天早晨积了一点儿薄雪。云层覆盖天空之前，太阳投射了一两个小时淡淡的光线；冰雪开始融化，道路变得有些潮湿。短暂的一天，随着时间的飞逝逐渐变冷，现在，不管海洋还是陆地都笼罩着一层阴郁的静寂。大乔治听到了远方列车的汽笛声。

"老妇人的海湾"时常发出呻吟，暴风雨就要来临了。大乔治并不害怕，他准备走河边的道路回家；归途的浪潮很高，他不能沿着"壁穴"海角行走。

实际上，当他走到所谓"壁穴"的红色长海角时，潮水已经来到了他的前方。他又不能迂回过去，因为无法攀登陡峭的壁面；如果想回到海滨下面的那条道路，又得绕过一大圈。

这时，大乔治萌生了一种大胆的构想。既然不能迂回地通过"壁穴"，那就干脆穿过它走出去吧！到目前为止，还没有人穿过去，但每件事情都有开头啊！而且，那些洞穴已经比去年变大了一些，如果不敢冒险，什么事情都不会成功。

"壁穴"是从穿过海角细长处的小洞穴开始的。随着波浪与雨水的侵袭，柔软的砂岩逐渐崩塌，以致每年都会变大些。以目前来说，已经算是相当大了。大乔治的个子很瘦小，他认为只要头部能够通过，身体当然也就通得过。

他把身体侧过来，慎重地把它弯曲，小心翼翼地开始钻洞。现在他才发现，那些洞穴比想象中还狭窄——突然间，他感到肋骨部分难以动弹。到了这时，他才觉悟到自己无法当一名"先驱者"。于是他很想再回到原来的道路，一心一意想从洞穴倒退，但是根本办不到。

不久，他的上衣在肩膀一带起了皱纹，他的身体牢牢地堵塞在洞穴里。他近乎绝望地扭动身体，蠕动上半身，巨大的岩石有如铁夹子般牢牢地夹住他。他感觉，似乎越挣扎身体就夹得越紧。恐怖之余，他浑身冒出了冷汗，只好一动不动地趴在那儿。他的头部已经钻到"壁穴"的另一边，肩膀牢牢地卡在洞穴中。那么两腿呢？两条腿到底在哪儿呢？除了知道它们仍悬在半空，腿部似乎已经没有什么知觉了。

就这么身陷绝地？十一月寂静之夜的海滨，惊天动地的暴风雨眼看就要到了！他认为自己再也支撑不下去啦！或许，将如老船长萧比一般，天还未亮以前，就死于非命了吧？萧比船长醉酒以后想攀登门扉，结果呢，就那样地完全不能动弹了。

反正，不可能有人看到他，就算喊叫也无济于事。他的眼前就像背后一样，以别的海角为分界，只有弓形的海湾。四周连一栋房子也没有，甚至一个小孩也看不到。想到毫无希望时，大乔治就拼命喊叫了起来。

"你既然能发出那么大的声音，干脆唱歌算了！"突然，小乔治把他的头依靠在大圆石上，这么说着。

大乔治凝视着他看惯了的小乔治蜘蛛般的鼻子，以及那一大片的胡子。大乔治陷入绝地时，在沿河和海湾的居民中，竟然只有小乔治看到了他！这么晚了，他怎么会在离家一英里以外的地方出现呢？

"谁要对你唱歌啊！"大乔治以揶揄的口吻说，"俺只不过是想吸入些空气罢了！"

"你为什么不穿过去呀？"小乔治绕过了圆石，来到了大乔治面前。

"你分明知道俺办不到！"大乔治很不高兴地说，"喂，乔治·毕尔！俺跟你虽非朋友，但俺总是一个'人'啊！"

"你看起来还是有点儿冥顽不灵。"小乔治坐在圆石上面说。

"好吧！你爱怎么说就怎么说吧！看在你也是一个人的份上，从此地把俺拉出去吧！"

"俺也不晓得是否能办到，"小乔治有些怀疑地说，"俺认为把你的两腿往后拖是最理想的办法，不过，俺不可能绕过海角啊！"

"只要你抓着俺的肩膀或者上衣，就可以从这里把俺拉过去。反正，只要你谨慎小心就可以把俺拉出来。俺实在很想自己爬出去；可是，俺无法自由驱使两手啊！"

"俺也不晓得是否能办到。"小乔治喃喃地说。

"你当然办得到！难道你要让俺在此凄惨地死去吗，乔治·毕尔？"

"哪儿的话，俺是不会那样做的。好吧！俺把你拖出来后，你会学乖吗？你回到了家里，会不会乖乖做人呢？"

"如果你要俺回家，你也要稍微妥协才行！"大乔治大声地说，"你把那只'乱叫的狗'处理掉吧！"

"不过，奥洛拉得留下来！"小乔治简短地说。

"如果你不依的话，就让俺这么留下来吧！"大乔治模仿小乔治的口吻，很简短地说，那也是因为他没有力气说话了。

小乔治取出了烟斗准备点火。

"俺在动手前，想给你少许时间考虑。俺不想待在这种潮湿的地方太久。像你这样又小又干瘪的家伙，能否在此忍耐一个夜晚，实在叫人怀疑。总而言之，今后，当你想以大骆驼的姿态钻过小洞之前，必须先好好考虑一番。"

"你这样还像是一个基督徒吗？"大乔治吃吃地笑着说。

"好啦！不要再说废话啦！这并非宗教方面的问题，而是常识的问题。"小乔治说。

大乔治为求尽快恢复自由，使尽了吃奶的力气，然而夹在坚固的海角中的身体根本就无法动弹。

小乔治冷嘲热讽地说："俺要好好欣赏你那红色的胡子。你的下半身一定悬在里侧的半空中。如果有人从那儿经过，一定能看到你性感的下半身。可惜，这么晚了，不会有人过来啦！

如果你能撑到明天上午，俺会叫那位作家来拍摄你的下半身。俺说大乔治啊，以后你就学乖些吧！晚餐时咱们俩还能吃到豆子汤呢，热腾腾的豆子汤！"

"去你的劳什子豆子汤！"大乔治啐了一口。

接下来一阵沉默。大乔治努力地驱使他的脑筋。现在，他知道自己的手足在哪儿啦！猛烈的寒冷使他的手脚麻木了。周围的岩石有如钢铁一般坚硬。雨开始下了，风也刮了起来；波浪打到岩石时，立刻泡沫般飞溅起来。如此到了明天早晨，他不是已经死亡，就是成了因为神经崩溃而不停地喃喃自语的疯子。

大乔治仍然不愿向时钟棚上的女雕像投降。他试图从败北的绝地挽回些微的名誉："俺回去时，你能保证不跟那个胖寡妇结婚吗？"

"奇怪啦！俺从来就不想和任何寡妇结婚。"

"换句话说，那个胖寡妇不会嫁给你啰？"

"那个胖女人没有跟俺结婚的机会，俺才不会娶泰莉丝家的人呢！好啦！不要谈那些废话了，咱俩就回家喝豆子汤吧！"

大乔治由于疲倦，想到要投降，长长叹了一口气。人生实在太复杂，他已经完全认输了。"小乔治，你快点儿把俺弄出这个可恶的洞穴吧！"他很不高兴地说，"只要你把俺拖出去，家里放置多少裸女像，俺都不会在乎！"

"一个裸女像也就足够了！"小乔治说。

小乔治牢牢地抓着大乔治肩膀上的衣服，小心翼翼地把他拖了出来。大乔治呻吟了一下。他以为自己的两腿已经在腰部断掉了！经过了一段时间，他方才发现两腿依然附在身上，自己正站在小乔治旁的岩石旁边。

"你把那些粘在洞穴的胡子也拿掉吧！你就快一点儿吧！"小乔治说，"否则，豆子汤会焦了呢！我还把它放在炉灶上面呢！"

现在，户外寒冷的雨，开始呻吟的海湾，都仿佛在安慰大乔治。炉灶正在演奏着小毛榉与枫树的叙情诗，猫儿玛吉正在舔着它的可爱小猫儿，豆子汤很可口。一切都跟小乔治的胡子非常调和。

那么，奥洛拉又如何了呢？

"小乔治，你要怎么处置那个异教徒的偶像？"大乔治放下茶杯如此问道。

"俺要把她涂抹成青铜色，"小乔治有点儿骄傲地说，"这样看起来不是比较高雅吗？在咱们吵架期间，俺知道你回来过好多次。我认为——最好迁就你一下。"

"好吧，既然你这么说，"大乔治很爽朗地说，"那么，你就不要把她涂成青铜色啦！如果朝夕都必须面对着她，与其看到一个黑漆漆的女人，还不如端详一个白生生的来得舒服多啦！"

# 四云庄

　　亚兰·道格拉斯发出了焦躁的叫声，掷笔而三叹！本来，他应该早已写完下个星期天布道的数据才对，但他就是无法把思绪集中在自己选的经句上面，理由就是他不喜欢那些经句。他之所以选择它们，是听了前天晚上来游说的爱尔达·多利文的提议，说是应该采取一些教义较深奥的布道方式，因为利克敦教区的前任牧师——杰贝斯·史龙牧师一向喜欢这样做。

　　亚兰戏称教义为"灵魂的束腰衣带子"，一向厌烦；但是，爱尔达·多利文是个不容忽视的人，亚兰只好采取他所喜欢的布道方式。

　　"不行啊！"他很疲倦地说，"如果是十一月或者冬季的话，我可以配合那些经句说教。然而，在全世界都觉醒于美与爱之奇迹的今日，我实在很难使用那些文句。星期天之前，如果东北方没有暴风雨的话，多利文势必也不会使用那些经句说教。或许，他会以'花儿展现于天地间，鸟儿啼叫的季节来临'的经句替代吧！”

　　他站起来走到书斋的窗边。窗外，翠绿的葡萄藤发出鲜艳的光辉，在风儿摇荡之下，几片纤细的叶子在挂着亚兰母亲肖像画的对面墙上投下了它们的影子。亚兰的母亲长得相当优雅，面带温柔之气；他几乎全部继承了母亲的特质。

　　一旦亚兰站立在夕阳余晖之下，他跟母亲的相同点就更为明显了。就连他的黑发也跟母亲一模一样；眼睛也酷似母亲，呈暗青灰色；双眼不时陷入沉思，同样带着几许温柔，简直跟母亲极为相像。

　　他的嘴角带着微笑，表情丰富，几乎跟肖像画上的母亲一模一样。不过，他的下巴比母亲宽广，而且带着棱角，又似乎有酒窝。这种酒窝一旦跟他异样的意见或者眼光重叠时，爱尔达·多利文就会觉得亚兰实在不适合神圣的职业。

　　杰贝斯牧师当年布道时，教会的教友并不多。到了现在，好几年都没有进入教会的人们为了听亚兰牧师的说教，每到星期天，都会把教会挤得水泄不通。正因为这样，爱尔达牧师也不计较亚兰牧师的那对酒窝了——不管哪个牧师都免不了会有缺点。

　　牧师馆就建在雷斯顿山谷的前端，亚兰从书斋浏览着这座山谷，心想还未有过罪行的伊甸园或许就是这种模样吧！所有的果树园都开满了花，遥远的山谷在浅紫色与珍珠色的春霞中颤抖着，仿佛处于梦境一般。

　　不管多么美的庭园，都包含着一种平凡而容易亲近的要素。亚兰大致眺望了景色之后，有如在寻找心爱之物般往北方扫视。那儿，山丘已经成了终点，变成了长满松树和枞树的长斜面低地；遥远的对面，在夕阳金色与大红色的融合光线的照耀之下，湖面闪着粼粼的波光。那种如梦似幻的魅力，实在叫人很难抗拒。

亚兰生长于遥远的海滨，内心很强烈地憧憬着海洋，他甚至认为自己叶落归根时，非回到海滨不可！浩瀚的湖泊气势磅礴，几乎跟海没有什么差别，以至成了他精神的慰藉、心灵的寄托。

他时常会怀着解放的心理，暂时离开舒适而雅致的古宅，独自静悄悄地走到荒凉而寂寞的湖岸。湖泊的旁边有一片未经开发的荒野。那儿，没有人类编造出来的教义。人们可以跟大自然携手，在那片灵秀之地徜徉，甚至可以更进一步靠近神呢！

亚兰之所以能写下动人心弦的布道底稿，不外乎是由于荒野敲开了他的心灵，松林柔和的韵律对他呼唤，以及到河畔散步后灵思泉涌的结果。

一场布道之后，亚兰取了他的帽子走到屋外。当他走上通往湖岸人迹甚少、有着很深的车轮痕迹的小径时，春日黄昏的夕阳正在湖面上摇晃。距离湖畔约有两英里的路程，但是亚兰总是走到路程一半的岔路时，就会循着另外一条路走进东北方向的森林。以往，他就常想着这条道路到底通到哪儿呢？但是想归想，并没有展开过探险。

今天，他却萌生了好奇的心理，毅然走上了另外一条道路。这条路比他经常走的那条小径更凹凸不平，而且叫人分外寂寞。很深的车痕里面长着杂草；松枝低垂，有时会碰到行人的头部；经过一段距离，树木突然消失了，展现在眼前的是闪耀的湖水、紫色的小鸟以及幽暗的湖岸。

小径一直蔓延下去。到了这时，亚兰才有点儿后悔走上了这条小径。就在这时，他从松林的微暗处看到了叫人惊叹的光景。

他的眼前展现了一座浮出湖中的小半岛，它的前端在长长的海角告一段落。对面是染满了晚霞的光亮湖面。半岛似乎由荒野的沙地构成，大部分由小小的针枞树覆盖着。其间有一条蜿蜒的小径通到最抢眼的建筑物前面。那建筑物已经相当老旧，长久暴露在风雨之中，早已变成迷蒙的灰色。它是一栋独立的房屋，建在海角的最前端。屋子后面是一片蓊郁的松树林，夕阳不能照耀其间，显得阴沉沉一片。

使亚兰感到迷惑的就是那栋屋子。到今天为止，他根本就不知道湖岸有这栋房子，也没有听人提起过；但是，它分明就在眼前，甚至有人在里面居住呢！因为，屋顶的烟囱正冒出一缕薄薄的炊烟。

这不可能是渔夫的房子。那座屋子不但巨大，在设计方面也是独树一帜。亚兰不看还罢，越看越惊讶。居住在这里的人们，必定是他教区的信徒，可为什么自己没有看过那些人，甚至没有听人提起过他们呢？

他缓慢地走下那条小径，才知道这条小径是通往那栋房子的庭园的。他转入通到岸边的狭窄小径。由于房子离小径并不远，当他通过时，仔细地视察了一阵子。房子的正面，荒野几乎迫近大门；侧面由于松林挡住了凌厉的湖风，因此能拥有一个花团锦簇的庭园，一大片的郁金香跟金色的喇叭水仙，正在争奇斗艳。

亚兰始终没有看到人。除此之外，还有灿烂的天竺葵，窗边有布窗帘，又有袅袅炊烟，但是看起来分外寂寞，似乎连一个人也没有。

抵达岸边后，亚兰才知道——比起那个去惯了的地方，这里反而宽广许多，而且岩石又少。岸边为沙地，矮木林的荒野徐徐变小，到了岸边就自然消失了。左右两边都有镶着枞树的海角向湖中突出，以曲线的方式围绕着那栋房子，形成一个小小的海湾。

亚兰为了沿着湖岸走到别的道路，款款地走到了左边的海角。当他绕过海角后，因为惊讶而停止了脚步。原来，他又发现了谜一样惊奇的事情。

离他稍远的地方，站着一个姑娘。由于亚兰的突然出现，那个姑娘满面惊讶地回过头来瞧着他。亚兰以为他已熟悉雷斯顿的所有女性，这位标致而娴雅的姑娘却是第一次看到。她把自己的一只纤手放置在黄褐色狗的脑袋上，另外一只狗则卧在她的身旁。

她的个子很高，栗色的头发梳成两条辫子，很自然地垂在肩膀上；纯黑色的衣裳，更明显地强调了她优雅柔美的姿态；

面孔呈蛋型而白皙……笔直的两道黑色眉毛，再加上朱红色、轮廓鲜明的嘴唇。她的美恰如开在幽谷的一朵花儿，带着那么一点野性。虽然如此，仍然隐约地显露出了她良好的教养。

所有生长于雷斯顿的姑娘们，并没有一个这样的女孩。她到底是哪家的千金呀？

亚兰正在思考这个问题时，那个姑娘以淡然的态度改变了她的方向，她似乎对狗下了什么命令，以较快的脚步走进了矮树林里。她的个子相当高，行走在树林里的弯曲小径时，没有戴帽子的头部看起来似乎比矮树林还要高。直到她走入房子里面，亚兰都像扎了根一般站在那儿。

亚兰完全忘怀了教义和说教，一头雾水地走回家。

亚兰这么想着——那个姑娘是我看过的女性中，最为标致而娴雅的一个。亚兰居住在雷斯顿已经长达六个月之久，却始终没有听过有关那位姑娘和那栋房屋的事情。怎么会有这种事情呢？会不会那栋房子以前从来就没有住过人，到了最近，才有人到那儿避暑？

对啦！我可以向姐琵夫人打听呀！她是典型的包打听，只要她想知道某个人的事情，很快就能打听出来。这个善良的妇人，只要是涉及雷斯顿的人，甚至能够说出他们三代之前的种种琐事。

亚兰回到家里时，伊莎贝儿正在跟她的女管家闲话家常。亚兰对伊莎贝儿的招呼有点儿冷淡。事实上，他并非是一个自以为了不起的男子，他很明显地感觉到——伊莎贝儿对他的好意，远远超过了教友对牧师的关心。伊莎贝儿很露骨地对他表示好感。遗憾的是——他对于她本人，以及浓妆艳抹的习惯，只有一种厌恶感。比起湖岸的少女，伊莎贝儿实在叫他感到俗不可耐！

伊莎贝儿每次到牧师馆，都会对女管家姐琵说出一种冠冕堂皇的理由，每次都会逗留到很晚。亚兰牧师基于礼节，每次都会护送她回家。因为伊莎贝儿的这种策略太露骨，亚兰感到非常有趣。亚兰自己却是把"有趣"的心理隐藏了起来，遵照母亲的教导，一直对伊莎贝儿表示敬意。这种敬意固然使伊莎贝儿欣喜，却也叫她感到"不能越雷池一步"，内心十分烦恼。

伊莎贝儿是雷斯顿一个富翁的女儿。她时常会表现出自己的"不凡"，装成自以为了不起的德行；可亚兰高雅而不谄媚的作风，反而叫她抱着一种劣等感。

"亚兰，你又到湖岸闲逛了对不对？你一定很疲倦吧？"姐琵夫人这么说。

到目前为止，她已经前后照料过三位单身的牧师，她认为可以在他们面前逞一些母亲的威风。

"我并不疲倦——反而精神清爽呢！"亚兰微笑着回答，"在出门前，我的确感到疲倦；可现在的我，倒是有点儿像获胜的赛跑选手呢。我一直都不知道那儿还有房子。"

"咦？难道你没有听说过安东尼船长，也就是安东尼·奥利威船长的事情吗？"姐琵夫人说，"这个船长就住在'四云庄'——大伙儿都这么称呼那个地方，带着他的女儿，以及他年老的表姐一块儿居住。"

伊莎贝儿以一对茶色的眼睛凝视着亚兰说："你碰到了琳达·奥利威吗？"

亚兰无视于她的质问。或许，他没有听到吧。

"她们在那儿居住多久啦？"亚兰问。

"十八年，"姐琵夫人很沉着地说，"真奇怪，你难道一点儿也没有听到过有关他们的风言风语吗？时到如今，大伙儿很少去谈论那个船长的事情啦！以前，他可是问题重重的一个人呢！而且啊，那个人什么地方都不去，连教会也不踏进一步呢！船长是完全的无神论者，他的女儿也是没有道德心的人。关于那个姑娘，大伙儿不怎么理解。就算她的为人还不错，那也是教导她的人的功劳，并非天性如此。至于她的老子就绝对不是好东西了。

"到目前为止，那个姑娘没有上过教会，更没有上过学，一天到晚疯婆子似的跑过来奔过去——就像男人一般牵着狗到处跑，到湖边钓鱼……反正没有人去过那儿——船长不欢迎客人。年轻时，他一定干了什么亏心事，才会搬到那种人迹罕到的地方，过着与世隔绝的生活。你碰到他们之中的什么人了呢？"

"很可能是船长的女儿琳达，"亚兰很简短地回答，"至少，我在湖岸时，确实碰到了一个年轻女人。你知道他们来自何方吗？你是否能更详细地告诉我？"

"我实在不知道什么啦！道格拉斯先生，这一带的人都认为奥利威不是好人家，没有人想跟他们接近。十八年前，奥利威船长突然出现，买下了那个海角，建造了那栋'四云庄'。据他自己说，他是一名船长，始终没有离开过海洋。那时，他带着自己的老婆、女儿以及年老的表姐到那儿居住。那时的琳达还不到两岁呢！

"那时，这里的人陆续去拜访他，想不到船长的夫人始终避不见面，船长也表示不希望有人打扰他们。据一些在他家附近工作的人说，船长的老婆总是一副病恹恹的样子，举止却有点儿淑女。她表示不愿意看到任何人，也不愿意被任何人看到。

"又有一种说法，那个船长在从事走私的勾当，一旦被逮住将一辈子坐牢。不过，这些都是他家附近工作的男人的猜测罢了！反正啊，从来就没有人进过他家。四年前的某一天，船长老婆突然不见啦——人们都不知道她为什么突然不见了，什么时候消失的。反正，再也看不到船长的老婆就是了！

"没有一个人知道船长的老婆是病死还是被谋杀，抑或是远走高飞了。据说，警方曾经展开调查，但什么也没有查出来。至于那个姑娘嘛……她就一直在那儿跟父亲生活。这个姑娘也完全不信神呢！船长什么地方都不去。

"以前，时常有外地人去拜访船长。据说，那些人是从美国开船到这儿来的！最近两三年，再也没有人去拜访他了。也就是说，自从船长的老婆过世，再也没有任何人去找他了。船长拥有游艇，时常坐着游艇在湖上冲浪，有时也航海几个星期，他所做的事情也只有这些了。道格拉斯先生啊，经我这么一说，你已经知道不少有关奥利威家的事情了吧？"

亚兰很关切地听着，伊莎贝儿睁大双眼看着他。对于大部分的话，他只认为是种臆测罢了，并不去关心它；但他认为事实基本上很可能就跟姐琵夫人所说的一样。透过这些情报，他获知湖岸的那个姑娘并非是普通地被教养长大的女孩。

"没有人试着把他们带进教会吗？"亚兰牧师茫然地问。

"有啊！凡是来到雷斯顿的牧师都试过了。每逢牧师到他家时，年老的表姐都会站在大门口，很耐心地说家里没有人。史东牧师最有耐性，一向不认输。他前后去过很多次，船长就对史东牧师说，他家里的人如果需要牧师或者医生的话，他会亲自去邀请，拜托大家别再去打扰他们清静的生活了。

"史东牧师有一次在湖边碰到了琳达小姐。那时，他问她是否有意进入教会。想不到她在牧师面前笑着说，她比牧师更理解神。我想——这件事情不可能是真的吧？万一是真的，那可能是她对牧师感到生气，才会那样说的吧？因为史东牧师并非很机灵。我认为——不管她受到哪种教养，尽量放开胸怀去接纳她比较好。依我看，我们是不能期待她的行为又端正又合乎礼节的。"

不知怎地，亚兰对姐琵夫人的宽大反而感到不快。不过，由于他具有超人的幽默感，想起了平凡的老妇人以"宽大的眼光"看他所中意的姑娘时，不自觉地微笑了起来。

亚兰陪着伊莎贝儿朝她家的方向走去。她俩走在邻接开着白花的果树园小径时，亚兰几乎一语不发。伊莎贝儿感到亚兰对她的反应很冷淡，如此问他："你认为琳达是一个很出色的女性吗？"

伊莎贝儿的这道质问，叫亚兰有些迷惑，本能上，他很不愿意跟伊莎贝儿谈及琳达的事情。"我只看了她一眼！"他很冷淡地说，"不过，她给了我一个标致女性的印象。"

"大伙儿都在说些有关她的蜚短流长，我想，不可能全都是真的吧？"伊莎贝儿这么说着。她几乎隐藏不了恶意的冷笑。瞬间，亚兰对她隐秘式的轻蔑，变成了很明显的厌恶。他连一句话也不回答，陪着她默默无语地走完了那段路。

"道格拉斯先生，最近你很少上我们家来。"走到了门口处，伊莎贝儿说道。

"我有很多信徒，无法时常到贵府拜访，"亚兰以冷漠的口吻说，"牧师的时间，并非完全属于他自己。"

"我能为你专程去拜访奥利威家吗？"伊莎贝儿很冒失地说。

"关于这件事情，我根本就没有想过呢！伊莎贝儿小姐，晚安！"

走回牧师馆的途中，亚兰一直在思考这个问题，我是否应该试着跟"四云庄"的人表示亲近呢？他很惊讶于自己的这种念头。思考了一阵子后，他决定不这么做了。那些人又不是他教会的信徒，纵然身为一个牧师，也不能凭自己的意思勉强别人做他们不想做的事。

亚兰回到牧师馆时已经很晚了，他仍旧到书斋拟妥了一些经句——爱尔达·多利文所说的经句，实在叫他不敢苟同。他又迟迟无法写出新的经句，惹得他愤怒起来，挺起腰坐在椅子上。

为什么我老是要想"四云庄"的人呢？难道不能把他们赶到思维之外吗？好吧，我就把心里的话说出来，看我是否能不再想这些事情。

不错，那个姑娘长得很美，但是冷若冰霜，难道你要她的面孔带着温馨笑容？

——说真的，我很想那样做呢。

她对我一点儿也不关心，难道我还想把她当成朋友吗？

——的确，我是有这种念头。

信徒们一定会认为她根本不适合我。我会有如姐琵夫人所说，相信她充满了野性，又是毫无女人味的异教徒吗？

——哪儿的话，我压根就不会相信。我相信大伙儿一定误解了，她必定是一个非常柔顺的淑女。想到这里，已经没有什么可想的了。我该着手书写说教的底稿了！

亚兰把他脑海里的琳达·奥利威的情影驱逐出去，着手书写起了说教的资料。他根本没有想到自己会陷入爱河里。对于恋爱，他一无所知。他一向认为恋爱在他的人生里不足轻重。他很重视跟雷斯顿年轻女人之间的单纯交际。对他来说，她们都具有芬芳果树园似的家庭魅力。

琳达·奥利威确实具有湖边的魅力——她的身上洋溢着野性与原始的魅力。其实，他对她的想念并不具有太多的个人因素；但是一旦想起伊莎贝儿的冷笑时，他就会从心底感到愤慨。

接下来的两个星期，亚兰时常到湖岸——每一次他都走过"四云庄"海角的侧路。他并不想隐瞒自己想要会见琳达的欲望。遗憾的是，这件事情始终没有进行得很顺利。偶尔他在岸边的远方看到她，只要她察觉到他在看她，就会立刻消失得无影无踪。

有时，他横穿海角，看到她在庭园里工作；但他认为自己没有接近屋子看她的权利，始终没有走到屋子附近。不久，亚兰相信琳达在故意避开他，引起了他无限的好奇心。

他产生了一种奇妙而专横的欲望，那就是——强行跟她面对面，叫她凝视着他。有时，他也称自己为蠢人，甚至发誓再也不到"四云庄"的湖岸了。心里虽然这么想，他还是去了；不过，他不再像以前那样，能在湖边得到慰藉，产生泉涌似的灵感了。

原来，在他的心和野性之心之间，进入了某种的东西。那种东西很难用言语表达出来。他很清楚，那些东西的背后有张冷漠而标致的面孔，以及晓湖一般灰色而无情的眼睛。

亚兰没有看过安东尼船长，不过，他看到过年老的表姐在庭园里走来走去。有一天，他走在通往洼地泉水的小径上时，终于碰到了年老的表姐。她正在搬运两个沉重的水桶，亚兰对她说："我是否可以帮助您？"

个子高挑、一脸寒霜的老人，满脸浮现着严肃而难以接近的神情，叫亚兰产生了一种必定遭受拒绝的感觉。想不到她端详了他一下，很简短地说了一声："如果你不嫌麻烦的话，那就拜托啦！"

那条小径很狭窄，不能容纳两个人并排走，亚兰就两手提着水桶走在她的背后。进入家里的庭院之前，她都快速大踏步地走在他前面，亚兰的心鹿一直猛撞不停。他这么想着——我到底会不会碰到琳达呢？

"劳驾，请把水提到那儿吧！"老妇人指着松林旁的一栋小屋说，"我都在那儿洗衣服——泉水比井水暖多了。谢谢啦！"亚兰把水桶放置在椅子上面时，她又说道："我年纪已经很大啦！从那么远的地方提水，实在吃不消。琳达在家时，她都会帮我提水。"

她站立在狭窄的门口，遮挡着出口，以深邃的黑色眼睛凝视着他。尽管她的面孔有不少皱纹，皮肤萎黄，然而她绝对不是一个丑陋的老女人。她的态度和举止相当高雅，颇能叫他感到满足。

至于她为什么能叫他满足呢？关于这一点他就说不出来了。如果他能更进一步、更深层地探讨自己那种心境的话，或许就会恍然大悟——因为她和琳达一起生活，才会叫他产生那种满足感吧？

"你就是雷斯顿的年轻牧师吗？"她有点儿唐突地问。

"是的。"

"我也这么认为。自从琳达说她在湖岸看过你一次之后，我就认为你就是这儿的牧师。"说罢，她越过亚兰的肩膀，对房子那边投以暧昧的视线，说："谢谢你！"

亚兰认为，这句话并非她的本意，有意继续跟她寒暄；可看她开始提着水桶忙碌工作时，他想——自己该回去了。

　　"请你稍等一会儿。"她再度瞧着他。如果亚兰是自以为了不起的男子，他一定会认为她的尖锐目光此时已经显露出了赞赏的意味。"你认为我们这些人怎么样呢？他们那些人一定绘声绘色地对你说过我们的事情了。"她用手指着雷斯顿的方向，以轻蔑的口吻说，"你相信那些人的鬼话吗？"

　　"直到取得确实的证据，我都不会相信蜚短流长。"亚兰微笑着说。他有着魅力十足的笑容，对于它会带来的好处，他浑然不知："您放心吧！我一向不会相信闲言碎语。当然啦！他们一直针对你们议论纷纷——关于这件事，想必你也知道吧？"

　　"嗯……我当然知道，"她以严肃的口吻说，"我不在乎那些人把船长跟我说成什么样。我俩是世人所不容的老怪物，关于我俩的事情，你爱怎么想就怎么想吧！不过，对于琳达不利的风言风语，请你别相信。其实，那孩子的气质很好，温柔又标致。她之所以不上教会，并非她的过错，而是她的父亲不让她去。你就别把那孩子想得太坏了吧！"

　　她的语气有点儿激烈，带着一些无可奈何的腔调，听在亚兰的耳里，叫他十分受用。

　　"我完全不相信，"亚兰这么说，"就算我相信，我想，琳达小姐也不会在乎的，她绝对不是会为了流言而烦恼的姑娘。"

　　如果亚兰这么说的目的是想引起她说出更多有关琳达的琐事的话，他就得失望了，因为老妇人又蹲下去继续洗涤起了她的衣服。

　　亚兰站在那儿不知所措，她不再理会他。他走了以后，老妇人就在门口窥视他，直到他消失于松林里。

"真是一个俊俏的男子，"她喃喃自语着，"如果今天琳达在家就好了！偏偏安东尼又在使性子！如果不是这样的话，我就会请他进屋子坐坐。再也不能拖下去啦，那孩子已经长大了，这种生活方式实在不适合她。可是除了我，谁又会去关心她呢？实在叫人想不通，那女孩怎会那样厌恶男人呢？敢情是她还不晓得真正的绅士典型吧？听说刚才那个俊俏郎是个牧师——正因为他是牧师，两人之间的鸿沟必然会很深。不过，我认为男女之间的伟大爱情，足以使任何人跨过那道鸿沟！

"我的这种想法想必不适合琳达。那个孩子啊，只要对她提出爱情或者结婚什么的，面孔就会顿时布满阴霾。唉……我实在拿她没有办法呀！话又说回来啦，那孩子在岸边瞧见那个牧师时，面孔上确实浮现出了闪亮的表情——仿佛对于自己一向懵懂的东西，刹那间领悟到了！

"但是，她又不想跟他更进一步呀！我也只有眼巴巴地看着机会消逝，我拿她没有办法嘛！"

她喃喃地、又有一点儿自怨自艾地说到这里时，突然发现有道高挑的影子接近，她很迅速地闭了嘴。

琳达一靠近她，就挥动着手说："爱米莉呀，我们在湖上玩得真痛快——天哪，你又去提水了吗？我不是说过了吗，我不在时，请你别去提水的吗？"

"琳达啊，我并没有提水呀！是雷斯顿的那位年轻牧师为我提的呢！"

琳达的两道眉毛突然发暗，她转过身子一语不发地朝屋子走去。

那一夜回家途中，亚兰在岸边的路上碰到了伊莎贝儿。她抱着一大堆松枝，自称坐垫里需要放置松叶。亚兰立刻想到她在探察他的行踪。

整整一个星期的时间，他都没有走到湖岸；但隔不了多久，那种不可抗拒的诱惑又征服了他，使他鬼使神差地去到了那里。

那一天很暖和，刮着微风的黄昏空气非常清新；四处飘荡着树脂的香气，湖面上笼罩着蓝色的雾霭。"四云庄"似乎没有生活气息，岸边好像没有人足进过，显示出的寂寞无奈的气息看起来恰如处女地。

船长的游艇离开了它长久停泊的小港口。每当低矮的枞树林有微风吹过，亚兰的心就会产生某种期待。当他正想踏上归途时，琳达饲养的狗突然吠叫起来，朝他这个方向奔了过来。

他正纳罕时，发觉狗的动作异常。狗吠叫着，在他身旁兜圈子，奔到了稍远的地方，停下来看他，又吠叫着奔回来——它一直重复着这些动作。

看它的表情，很明显，它是在叫亚兰跟它过去。到了这种地步，年轻的牧师突然想到——狗的年轻女主人，一定碰到了某种危险，于是他快速地跟着狗跑了过去。狗似乎很满足地发出了尖锐的吠叫声，跳上了林子旁的堤防。

亚兰横穿半岛，沿着对面的岸边跟着狗奔跑过去。到了那儿，地势突然变得陡峭。那一片高约半英里的小崖变成了绝壁，下面的沙滨布满了大圆石。亚兰跟在狗的背后，奔跑在荒地的狭窄道路上。不久，狗就停了下来，奔到了山崖的另一端吠叫起来。

那个地方很凌乱，分明有一部分土壤刚刚崩塌下去。亚兰很慎重地走到山崖边缘瞧了一下，立刻发出了惊讶而狼狈的叫声！

在他两三英尺下的斜面岩棚上，也就是距离充满圆石的地面三十英尺的绝壁处，琳达正躺卧在一块苔土上面。一看就知道她正处于非常危险的境地。她躺卧的那块苔土幸亏没有移动，稍微移动，她很可能就会立刻掉下去。

琳达静悄悄地躺卧在那儿。她的面孔很苍白，张开的眼睛写满了恐怖和乞求。不过，她看起来很沉着，轮流地瞧着狗和亚兰，失去血色的嘴唇扫过了一抹微笑。

"聪明又忠实的派德，你终于带救星来啦！"她说。

"琳达小姐，我应该怎么救你呢？"亚兰沙哑地说，"我的双手不够长，无法拉到你——只要我稍微触碰到你，那块苔土很可能就会掉下去……"

"我也这样想。请你到'四云庄'去拿绳索吧！"

"在这么危险的情况下，留你一个人在这里？"

"派德会跟我守在此地的。现在只有这个办法了。你为爱米莉提水的那个仓库里有一条绳索。我父亲跟爱米莉都出去了。只要我不移动身体，就不会有事的。"

亚兰根据自己的常识，认为琳达的说法很对。他很不愿把她一个人留在那儿，但同时又认为——绝对不能浪费时间。

"我会尽快回来！"他说。

在大学时，亚兰是著名的赛跑健将，现在他仍有一身强健的肌肉。他跑到"四云庄"拿到了绳索，又赶紧跑回了现场，感觉仿佛耗费了一大段时间。在奔回现场的路上，他的心一直在猛跳，深怕在这个时间之内琳达掉下了断崖。回到现场时，他非常胆寒地瞧了一下断崖，所幸琳达还在那儿，看到他时她微微一笑。那种蕴藏着勇气的微笑，使她苍白的面孔缓和了很多，有如一个被吓坏了的孩子。

"我放下绳索时，你能抓牢爬上来吗？"亚兰有点担心地问。

"你放心好啦，不会有事的！"她壮着胆子回答。

亚兰把绳索放下去，稳稳地站着抓住绳索的另一端。附近并没有能够捆住绳索的树木。接下来的瞬间，她的全身动了起来。她一移动，下面的泥土就会崩塌下去。亚兰感到无端的恐怖。如果她跟土块一起掉下去，那……一切就完了！当他拉紧绳索时，才发现她仍然平安地躺在斜面岩棚上。她慎重地蜷曲着身体，抓紧绳索慢慢地爬了上来。

"啊……你终于平安无事啦！"他苍白着嘴唇说出了这句话。

她因为恐怖和神经过度绷紧带来的疲劳，宁静地坐在青草地上喘气，狗欣喜地跟她亲热，猛摇着尾巴。她抬头看见了亚兰忧愁的面孔，两人的视线撞到一起。她满脸红霞地站了起来。

"你能走回家去吗？"亚兰问。

"嗯……我已经没事啦！想不到我真会惹事。今天上午，父亲跟爱米莉到湖上坐游艇兜风，我就自个儿到这里溜达。我看到岩棚开着漂亮的紫菀，就伸手去摘，谁知脚下的土壤突然塌陷！我越想往上爬，土壤越是崩塌，"说到这里，她打了一下哆嗦，"幸运的是，土壤只滑到了岩棚旁边就停下来了。"

"我想——只要不移动身体，就不至于掉下去。天哪……我感觉好像待在那儿有好几天了呢！因为派德也跟我一道出来，我就叫它去搬救兵。真的，有生以来，我没有这么恐怖过呢！"

"你九死一生，以后更该小心。"亚兰只能这么说。除了这句话，他也不知道该说些什么才好。平时的好口才，现在已经派不上用场了。

"你是我的救命恩人，"她说，"你跟派德——我是说那只狗，都是我的救命恩人。"

"派德的功劳比我大多了，"亚兰微笑着说，"如果派德没有跑到我身边，我根本就不可能知道你有危险。我真羡慕你，拥有这么一个好伴侣！"

"是啊！"她有点儿骄傲地说，"我的另一只狗——拉弟也很聪明呢！今天它跟父亲出去了。比起人类来，我甚至比较喜欢狗呢！"说完这段话，琳达以挑战的眼光看着亚兰。

"我也认为狗很可爱，它甚至比人类还具有疼爱的价值。"亚兰笑着说道。

从各方面看来，她都很像一个小孩——她那种稍微带着挑战的表情，就像做错事怕挨骂的小孩。个子高挑的她，某一瞬间看起来又像是女皇。道路变得狭窄时，她就把手放在狗的脑袋上，走在他的前面。

亚兰很喜欢她这么做。这么一来，亚兰就能很从容地欣赏她优雅的走姿，以及她颈部白皙的皮肤。

道路变得比较宽了，她停下来跟他并肩走，他看到了她纤细而轮廓鲜明、纯洁有如孩子的侧面。有一次她回过头来，无意中接触到他的视线，她的面孔又飞上了红霞，亚兰感到了一阵难以言喻的欣喜。仿佛她面颊上的红霞，是他支配她的力量发生了作用。曾几何时，初见面时的冷漠、漠不关心的表情消失了，他的心里很明白，那种冷淡的表情将不再出现于她的面孔上了。

他俩走到能够看到"四云庄"的地方时，亚兰看到一男一女从港口走了过来；又稍微走了一段距离，亚兰跟琳达碰到了安东尼船长和他年老的表姐。

船长的外貌令亚兰感到惊讶。在亚兰的想象里，船长必定有一副破锣嗓子，身材魁梧，粗俗而难以亲近。但是，安东尼船长却有一头铁灰色的头发，面孔甚为俊俏，身材高挑，看起来年纪在五十岁左右，可以说是风度翩翩的美男子。只有一点跟亚兰的想象符合，那就是有点儿拒人于千里之外的感觉，叫亚兰有些不愉快。

亚兰没有分析的时间。琳达一看到她的父亲就说："爸爸，这位是亚兰·道格拉斯先生。他从危境中把我救了出来呢！"

她一五一十地说出了事情的经过。听完后，船长对亚兰伸出了手。刚才那种深刻轻蔑的表情和疑惑完全消失了，变成了一张友善的笑脸。

　　"道格拉斯先生，非常谢谢你，"他打从心眼儿里说，"请您进寒舍坐坐，让我好好谢谢您——如你所知，我一向不太喜欢圣职人员；不过，我会把你当成一位普通朋友来招待的。"

　　"四云庄"的大门打开后，亚兰被引进宽敞、天花板略低的客厅，里面摆着高雅的家具。琳达跟年老的表姑把两个男子留在了客厅，双双消失在内室。亚兰就挑了一些跟"四云庄"没有关联的话题，自由自在地跟安东尼船长畅谈。船长的确很睿智，学识渊博，尽管稍微有点儿冥顽不灵，喜欢说些风凉话。他尽量不提起自己过去的事情和遭遇。亚兰发觉他涉猎了很多政治和科学方面的知识，因为涉及这两方面的事情，他都能说得头头是道。

　　亚兰也发觉他俩之间的交谈中断时，对方就会偷偷看他。看在琳达的份上，亚兰尽量把他看成好人。

　　不久，琳达笑容可掬地进来了。她脱下了沾满污泥的外出服，改穿一件柔软淡黄色布衣料缝制的衣裳。她那长而浓色的头发扎成两条辫子，垂在肩膀上面。她坐在稍暗的角落，除了简短地答复亚兰所问的话，一直保持缄默。一只狗卧在琳达的脚下，另外一只卧在她的旁边，它的头搁在琳达的大腿上。

　　过了一会儿，爱米莉进来，点亮了桌子上的煤油灯。她仍然板着面孔，始终不笑。她在走出去之前，向亚兰投了一瞥满意的眼光。亚兰告辞时，安东尼船长请他再来。

　　"你来时，"船长有点儿严肃地说，"请不要以牧师的身份，而以一般人的身份驾临吧！我实在不喜欢你以牧师的身份来到这里，向我们鼓吹宗教。如果你那样做的话，只是浪费时间！只要你坦诚相见，我将无限欢迎。我很喜欢你，在这个世界上几乎没有我喜欢的人呢！我再说一遍，你千万不可跟我谈及有关宗教的事。"

"我绝对不会提起宗教方面的事情的，"亚兰用力地说，"宗教是贵在实践的。我不会以自荐传教士的身份进入贵宅。我只会基于自己的良心和对职业的敬重、展开活动来发表言谈。奥利威船长，不管你的信念是什么，只要我尊重它，你是否也会尊重我的信念呢？"

"嗯……我不侮辱你的神。"船长微微冷笑着说。

亚兰怀着敌对的念头，心里乱糟糟地回到了家里。不管怎么说，他都不可能完全喜欢安东尼船长。关于这一点，可以说非常明显。话虽这么说，但他确实也有着吸引亚兰的一面。以知识方面来说，他跟亚兰旗鼓相当、不分伯仲。自从亚兰来到了雷斯顿，就一直希望能够碰到这种人物。他非常怀念大学时的辩论会，感觉仿佛又逮住辩论的机会了；而且，琳达又长得那么标致！

就算她的父亲没有信仰，她不信仰宗教又何妨呢？她并非根本性的无信仰心——真正的女性不可能有这种现象；更何况，他可以利用这个机会帮助她，把她导向光明的方向啊！

亚兰对于自己对琳达的关心——恰如今天他从险境救了她，他也想把她救出精神危机——一心一意想救她的强烈欲求的动因，一点儿也不怀疑。

他认为她一定有着寂寞而不美满的人生。他认为，救助她是他份内的工作。

在这种场合下，他所从事的工作将比起他经历过的任何事情更叫他心满意足；然而，那时他根本没有预料到这一点。

亚兰并不想很快再度拜访"四云庄"，三天后，安东尼船长却寄给他一封信，信中表示很想跟他谈谈。从此，他就时常到"四云庄"拜访。在这期间，安东尼船长一直对他很亲切，百般奉承他；爱米莉更是亲切得离了谱儿；琳达有时欲言还羞，好似装模作样，偶尔也很率直地表示她的友好。

每到安东尼船长到湖上利用游艇兜风时，亚兰就会陪着琳达带着两只狗到湖岸，或者飘散芳香的松林散步。

琳达很喜欢书，想要很多，因此，他时常带些书到"四云庄"，跟她娓娓谈起书里的故事。她最中意历史和传记，并且以轻蔑的口吻说，自己无法忍受杜撰的小说。

琳达一直避口不提自己的事情，以及她往日的生活琐事。亚兰知道她不外乎是想避开私生活方面的话题。

想不到有一次，她不经意地脱口而出："你为什么始终不叫我上教会呢？我一直在期待着你如此说呢！"

"因为我认为——若是你执意不想去，就是强迫也没有用。"亚兰说，"身心必须一致，否则，不管做什么事都没有用。"

琳达有如进入冥想之境，用手支撑着下巴，凝视着他，说："你跟史东先生完全不一样。他时常责骂我不上教会。就算那是很有益的一件事情吧，可我仍然憎恨他。有一天，我就对他说，与其进入人工的建筑物里，不如处在松林下面，如此更能感觉到神就在我们的身边。听到这句话后他非常惊讶。

"请你千万别误解我。我父亲不去教会，不外乎是他不相信这个世界真的有神。我却知道这个世界确实有神的存在。母亲就是这么教导我的。

"只因为父亲不允许，我才一次也没有去过教会。雷斯顿的人们既然那样说我们，我就更不能到那儿去了。我知道大伙儿怎么说我们的——我想，你一定也知道吧？不过，我才不会在乎那些人的风言风语呢！我也知道自己跟其他的姑娘不一样。事实上，我也很想向她们看齐，可我就是办不到啊！"

她的语调里有一种异乎寻常的激烈性，这是亚兰所不能完全理解的，那种声音包含着敌意与反抗，表示她正在反抗她的境遇。

"如果你不满足于现在的生活方式，不妨考虑改变一下。"他很温柔地对她说。

"其实，我很满足于现在的生活方式，"琳达言不由衷地说，"我没有其他爱好——我希望永远持续目前的生活方式，我是说永远，你懂的吧？我既然已经觉悟到了这一点，就算没有什么变化，也会非常满足。其实，我非常害怕，害怕那些使我变得凄惨的事情会来临呢！啊……想到这里，我就非常害怕！"

她不禁打起了哆嗦，两手掩着眼睛。

亚兰懂得她的意思。琳达是害怕父亲死了，她将孤苦无依地生活在这个世界上。

亚兰尽量安慰她，叫她安心，又不知道该怎么做。

某天夜晚，当他抵达"四云庄"时，发现大门开着，船长坐在桌子旁边，两只手支撑着他的颈部。亚兰进来时，他以憔悴的面孔看了亚兰一下。他的眉头紧锁，整个面孔布满了阴霾，两眼闪耀着恶意的光芒。

"你有什么事吗？"这么问了以后，船长又表现出了他恶劣的态度。

在亚兰完全清醒之前，琳达以哀求似的苍白面孔静静地走进来。她默默地抓着亚兰的手腕，把他带到了外面，关闭了客厅的门。

"啊……我一直在等你呢！"她喘着气说，"我还以为你今夜不会再来啦！"

"你父亲到底怎么啦？"亚兰很惊讶地说，"是不是我惹恼他了？"

"嘘——你就跟我到庭园吧！我会一五一十地告诉你。"

亚兰跟着琳达走到了盛开着红色和白色玫瑰的庭园。

"我父亲并非在生你的气。"琳达以羞涩的细小声音说，"我的父亲本来就是那副德行，时常会莫名其妙地不高兴。每当这种场合，他对什么东西都看不顺眼，甚至对我们也白眼相向呢！连他的女儿我也不例外——而且会一直持续好几天。

"在这种情绪低潮期，大家都会怀疑他、害怕他，以为他又在计划做些什么坏事情呢！你以为我父亲喝了酒才会这样吧？其实并非如此，原因并不在酒。他那种莫名其妙的不高兴，时常会毫无前兆地来临。每逢父亲陷入这种情绪的低潮，连我的母亲也束手无策呢！

"亚兰先生，你就请回吧！在我父亲扫尽阴霾之前，请你别来这里——等他扫尽阴霾后，我就可以有如往日一般对待你。至少一个星期内请你别过来。"

"琳达小姐，我实在不愿眼巴巴地看着你处在这种尴尬的立场，单独离去。"

"你放心，我不会有事的——反正，还有爱米莉陪伴我；况且，你也不能为我做任何事情。亚兰先生，你就请回吧！父亲知道我正在跟你交谈，他会坐立不安的。"

亚兰感到有点儿困惑。他不仅不能为她解围，反而会使事态恶化，只好万分扫兴地回去了。

接下来一个星期对亚兰来说，是最为悲惨的一周。他对工作感到无精打采，提不起一点儿兴趣，更不愿面对面地跟别人接触。偶尔妲琵夫人会以怀疑的眼光瞧着他，想开口说些什么，一下子又闭口不说了——每当他会见伊莎贝儿时，她就会以大胆而探测式的眼光看着他。只可惜，他因为内心感到郁闷，始终没有注意到这些。

有一天，亚兰牧师实在无法忍受了，又举步走到了"四云庄"。他抵达那儿时，安东尼船长正准备搭乘游艇出海。他亲切又礼节周到地招呼亚兰，说他过意不去，上次亚兰来时，他竟然以漠然的态度对待客人；但他现在必须到湖上工作，实在无暇招呼亚兰。

亚兰也表示遗憾，挥别了船长后，很高兴地回到了琳达的身边。她正带着狗在松林里徜徉。

琳达看起来苍白而疲倦，眼神呆滞，俨如病人；但她满面笑容，对于那天的事情完全不提。

"我要把这些花插在母亲的坟上，"她举起了一把白玫瑰说，"我母亲很喜欢花，只要有可能，我都会带着花去她坟上。如果你不忌讳那种地方，咱俩就一块儿去吧！"

亚兰知道琳达的母亲埋葬于松林下面，但他从来就没有去过那个地方。坟墓在松林的最西端，面临着沉默而美丽的湖泊。

"我母亲希望葬于此地，"琳达跪在坟头插花，说道，"本来，我父亲要把母亲带到远处埋葬；母亲临终前，却再三叮咛她要在自己喜欢的湖边长眠。如此，她就能长久陪伴在我们身边。

"我父亲不借任何人之手，亲自把我的母亲埋葬了。我很高兴母亲长眠于此地——如果她被带到很远的地方，我一定会受不了的！"

"母亲是世上最伟大的人——我失去母亲时，才深切领悟到这一点。"亚兰很温柔地说，"你的母亲亡故多少年啦？"

"已经三年啦！母亲过世时，我认为自己也活不成了。我母亲的身体一直很不好——她一向病弱，可我做梦也想不到她那么早就会撇下我。母亲亡故后的第一年里，我完全不信神，甚至憎恨神。我实在是一个很坏的人，也是非常不幸的人。我的父亲时常会莫名其妙地使性子，而且事事不顺，我真想一死了之。"琳达说罢，把自己的面孔埋进手掌，以忧郁的表情凝视着地面。

亚兰斜倚在松树边，目不转睛地盯着她。阳光穿过摇荡的树枝，照耀着她光溜溜的头发，使她的面颊和下巴的曲线凸显了出来。

那种带着反抗性、有如孩子气的粗暴感情过去以后，她看起来就更像柔弱的孩子了。

亚兰牧师伸手把她抱住，温柔地安慰她。"你一定长得很像令堂，"亚兰仿佛在自言自语，"因为，你完全不像令尊。"

琳达摇摇头说："哪儿的话，我的长相一点儿也不像母亲。我的母亲个子娇小，皮肤又黑；她的面孔也非常小巧，眼睛呈天鹅绒似的茶色，头发卷曲呈黑色。啊——我如今还很清楚地记得母亲的姿容呢！我时常在想，如果我的长相能像母亲就好了。我一向非常爱母亲——为了消除母亲的苦恼和痛苦，我什么事情都愿意做。总而言之，我母亲是很安详地亡故的。"

琳达说出最后那句话时，声音带着很强烈的自我满足感。

听到她的这些话，亚兰感到她仍然有很多东西是他无从知道的——或许将永远无法知道。想到这里，他突然有些不愉快。

事实上，纯粹的友情应该是建立在彼此理解的基础上的。然而，到目前为止，她始终没有对他提起过她的过去。琳达对于她的一切，仿佛很慎重地在抑制着。亚兰认为——她之所以会这么做，一定跟他的父亲有关系。

的确，关于安东尼船长的事情非好好调查不可。琳达一定知道那些事情，因而无可奈何地生活着。想到这里，亚兰对琳

达的怜悯油然而生；想到自己无力救她时，又感到非常生气。

琳达应该拥有的女儿态、幸福以及喜悦，无形中被父亲的过去剥夺殆尽，如今看来，就要枯萎了。她的闲雅——女性应有的态度，势必跟着完全消失。亚兰在毫无意识之下，紧握着自己的双手。

那天夜晚回家时，他无意中碰到了伊莎贝儿。

看到亚兰时，她改变了自己的朝向，跟他一块步行；但她绝口不提"四云庄"的事情，甚至连居住于那儿的人也不提。如果亚兰有心看她，必定能够看到她坏心眼儿里熊熊燃烧的恶意火焰。

但对目前的亚兰来说，最重要的是——琳达那双灰色的眼睛。

之后亚兰三度造访"四云庄"，那段时间，他始终没有看到琳达。他感到甚为惊讶，开始忧心忡忡。

乍看之下，安东尼船长并没有什么变化，仍然保持着那种风雅而友好的态度。亚兰喜欢船长那种富于机智尖刻而一针见血的谈话方式。然而随着拜访"四云庄"次数的增加，他越来越不喜欢安东尼船长。如果亚兰对船长还有什么印象可言的话，那就是——船长他是稍具魅力的坏胚子。

亚兰感觉爱米莉似乎表现出了心乱的迹象。他时常捕捉到她那种充满了困惑和不信任的目光。她似乎对他充满了敌意，但是亚兰又认为这种想法太牵强。

这话怎么说呢？一开始，她就对亚兰心怀好意，亚兰又没有做过惹她非难的事情。那时她并没有远出，亚兰针对这个问题问及船长时，他总是避重就轻地说，他要带着狗儿去散步了。

亚兰突然发现，安东尼船长这么回答时，面孔上就会浮现出促狭的神色。他断定，那是恶意的回答方式。

某个黄昏，亚兰经过湖泊进入"四云庄"。从海湾突出的那一端绕过去时，亚兰在离他前方不到一百英尺之处看到了琳达。

她一看到他，即刻箭似的奔到了堤防的方向，一下子就消失在枞树丛里。

看到这种情景，亚兰仿佛遭受到雷击一般，感到骇然！毫无疑问，她是有意避开他的！那时，他怀着一种自己也无法理解的纷扰感情踏上了归途。他感觉自己的内心严重受创，既悲伤又困惑。这到底是怎么回事啊？

有一天，当他走到"四云庄"的庭园时，看到爱米莉正朝着泉水走去，亚兰断然截住了她的去路。

"爱米莉女士，"他有点儿唐突地说，"琳达小姐在生我的气吗？到底是为了什么呢？"

爱米莉一眼就看穿他似的说："难道你不知道理由吗？"

"我完全不知道啊！"

爱米莉从头顶到脚尖上下打量着他。不一会儿，有如检查获得通过一般，她提起了水桶。"你就跟我来吧！"她很简短地说。

走到看不见"四云庄"时，爱米莉突然说："如果说，你不知道琳达为什么会变得那样别扭的话，我也无法告诉你什么。我也不知道，她为何变得那样别扭啊！或许，你做了一些为难她的事情吧，譬如你叫她到教堂做礼拜……这样的话，她当然会不高兴——其实我也不太理解那孩子，自从她母亲过世，她就完全变了。

"以前，不管发生什么事情，她都会一五一十地告诉我——现在啊，她的眼里已经没有我的存在啰！你最好亲自问她，到底你在哪里得罪了她。对啦，两个星期以前，你是否写过信给她？"

"信？没有啊。"

"可是，她分明收到一封信呀！我以为是你寄给她的呢！一个男孩来到门口，把那封信交给了她。自从收到那封信，那孩子的态度就怪怪的，她开始夜间啼哭。她母亲亡故后，她曾经夜夜哭泣了一段时间。以后就没有夜间哭泣过。白天，她有如鬼魂附身一般，一直在岸边和林子里徘徊。亚兰牧师啊，我们必须调查一下那封信到底写了什么……"

"把信封交给琳达的女人到底是谁呀？"亚兰以略显轻松的口吻说。他感觉谜面即将被揭晓了。他对那种寄匿名信破坏男女感情的事屡有所闻，不期然地想到了伊莎贝儿。

听到了亚兰的描述，爱米莉摇了摇头。

"不是女人啦！"她斩钉截铁地说，"是半大不小的男孩子，双腿有些毛病。"

"嗯……他就是邮局局长的儿子啊！"他有点失望地说，"那就无从查起啦！那封信必定是被投入邮筒里面的，根本很难查到投信的人。"

"这么说来，"爱米莉有点儿迷惑地说，"那……你只好对琳达说出真相啰？"

亚兰也打算在会见琳达之后就这么做。

他并没有跟爱米莉一块回到"四云庄"，而是独自一人在湖边寻找琳达，但没有找到。结果他变成了热烈的感情的俘虏，闷闷不乐地走回了牧师馆。到了这时，他方才感觉到自己深深地爱上了琳达。为什么到现在才发觉呢？他并没有不能爱她的理由；只要她也爱他，也没有不能娶她的理由。

琳达是善良、标致而忠实的女孩。虽然她的来历有问题，这也无妨。或许，世俗的人会认为——对亚兰来说，认安东尼船长为岳父，实在很不妥当，但是这个问题并没有叫亚兰感到苦恼。

他甚至很自信，关于那封信的问题，他能够很简单地解决掉。一定是居心不良的人，眼看他频繁进出"四云庄"，有心给他一些难堪吧。

想到这里时，他方才领悟到——最近，他对于教区的人们缺乏了那份亲切之心。在以前，或许这件事情对他很重要；到了今日，由于他对琳达的疏远耿耿于怀，别的事情也就不怎么在乎了。

以目前来说，琳达心里所想的，比雷斯顿居民所想的事情重要得多了。

亚兰也认为他跟其他男人一样有着向心仪的女人求婚的权利。关于这个问题，他绝对不允许局外人骚扰。

度过了辗转难眠的一夜后，亚兰又独自走到"四云庄"。他想——琳达做梦也想不到他会在这个时间光临，因此，撞到她的几率一定很大。这种想法终于获得了证实，他果然就在泉水旁碰到了她。

亚兰被她容貌的变化吓了一大跳！

乍看之下，她好似被痛苦折磨了好几年！她的嘴唇发青，眼下的黑晕非常明显。他离开她时，她正处于青春的全盛期；再度邂逅她时，她已变成了历尽沧桑的女人。

他俩碰面时，她的面孔顿时染红了；然而刹那间，绯红的色彩褪尽，又变成了一片蜡白色。亚兰不费冗词，单刀直入地问：“琳达小姐，最近你为什么要避开我？难道我做了什么惹恼你的事情吗？”

“哪儿的话！”仿佛亚兰那句话伤了她，她把自己的视线垂了下去。

“那么，你究竟有什么烦恼呢？”

她并没有回答。她仿佛在寻觅逃生之路，环顾四周。可惜没有任何“逃生之路”，泉水由枞树包围着，唯一的小径又被亚兰堵住了。

他蹲在前面，抓住她的双手。“琳达小姐，你到底有什么烦恼呢？你就告诉我吧！”他斩钉截铁地说。她把手缩了回去，两手掩住面孔，山崩地裂地哭泣起来。他尴尬万分，不禁用两手去拥抱她，把她拉到他身边。

“琳达，你说说看嘛！”他很温柔地低语着。

她挣脱了他的怀抱，以激动的口吻说：“你不要再来‘四云庄'了！你别再跟我要好……我们对你实在太不够友善了。我实在不想伤你的心——啊……真对不起你，太对不起你了！"

"琳达，我想看看你收到的那封信，"在她惊魂未定时，他毫不放松地说，"我老早就知道那件事情了，是爱米莉告诉我的！到底是谁写的呀？"

"根本就没有写名字……"琳达结结巴巴地说。

"那是我预料之中的。你就让我看看吧！"

"没有办法啦！我已经把它烧掉了。"

"那么，你告诉我，信里到底写了些什么？我们必须解决这个问题。我不希望卑鄙的人弄脏了咱俩之间的友情。信里到底写着些什么呢？"

"说是教区的人们都在批评，你不该时常到这儿来——这是一项轰动遐迩的丑闻；信里还说，这件丑闻将严重伤害到你，使你不得不离开雷斯顿。"

"这实在是一场大灾难呢！"亚兰半开玩笑地说，"那么，还写了别的东西吗？"

"其他的嘛……都不关你的事，倒是跟我息息相关。不过，我一点儿也不在乎——我是说，我不太在乎。不过，想起了伤害到你，我实在过意不去。现在下决心的话还不算太晚——以后，你就不要再来啦！只要你这样做，大伙儿就会逐渐忘记的。"

"或许，真的如你所说吧！可是，我无论如何也忘不了啦！对我来说一切都太迟了。我说琳达啊，你就不要提起那封信了吧！自从邂逅了你，我就爱上你了——我已经牢牢地爱上你啦！我要拥有你！"

本来亚兰并不准备那样说，可那些话却不由自主地说了出来。她看起来那么悲伤，那么疲惫，他一心一意想安慰她。

她的眼睛里完全没有女孩的害羞与矜持，只一味地凝视着他；双瞳有如驱尽所有的感情一般，充满了虚无而叫人难以置信的恐怖感。亚兰不禁打起了寒战。

他并没有期待她立刻反应，就算她真的为他担心，但是想要得到她明显的答复，仍旧需要一段时间；可他做梦也没有想到，他必须面对她狼狈的模样。

她有如预防被殴打一般，举起了一只手。"不行的！绝对不行！"她喘着气说，"你就不要再提起那件事啦！如果老早就知道你会爱上我的话，我绝对不交你这个朋友。天哪，我犯了好大的错误！"

她的面孔浮现出灵魂痛苦的表情，使劲搓着两只手。

"你不要那样折磨自己！"亚兰如此要求，"我的话好像说得太过头了。不过，我的忍耐力相当强。如果你能爱我的话——难道你办不到吗？"

"我不能跟你结婚，你就把我忘了吧！"琳达近乎绝望地说。她斜靠在背后的桦树上以悲惨的眼光看他。

"我绝对忘不了你！"亚兰的内心虽然非常痛苦，还是勉强挤出了一些笑容说，"你是唯一值得我永远爱的女人。如果能够看破倒也罢了，很遗憾的是，我根本就无法看破。请你坦白告诉我好吗？你真的不能爱我？"

"问题并不在这儿，"琳达以很不自然的腔调说，"问题在于——我已经结婚了。"

亚兰一时不能理解她说的话，一直痴痴地凝视着她。所有的感情——苦恼、绝望、恐怖，以及激情，瞬间通过了他的思维。他虽然很认真地听，但实在无法理解。

"你结婚啦？"他心不在焉地说，"琳达，你是不是在跟我开玩笑？"

"我是说真的。我三年前就结婚了。"

"那么，你为什么不告诉我呢？"亚兰的声音很严厉。琳达缩了一下身子，颤抖了起来。仿佛所有的感情都消失一般，她以低沉而单调的声音说："三年前，我母亲患了重病——父亲从湖泊那一边带来的医生说，一旦受到些微刺激，母亲很可能就会死去。那时，有个年轻的船长——哈蒙来找我父亲。这个人对父亲的往事了如指掌，曾经跟父亲一块儿航过海，父亲似乎很害怕他。

"以前，我从来就没有看到父亲害怕过任何人。那时，除了母亲，我很少想到别人。尽管哈蒙船长对我很有礼貌，又长得很帅气，我却一点儿也不喜欢他。想不到有一天，我父亲对我说：'你就跟哈蒙船长结婚吧！'刚开始我只是付之一笑，后来看到父亲苍白的面孔时，我就笑不出来了。

"父亲恳求我无论如何要跟哈蒙船长结婚，否则，他将给我们带来耻辱。父亲说，如果我拒绝跟哈蒙船长结婚，哈蒙船长将把所有的秘密都抖露出来！我不知道所谓的秘密是指什么。

父亲则意味深长地说，母亲如果知道这个秘密，一定非死不可！我只好跟他结了婚。那时我才十七岁。

"有一天，父亲带我到克罗斯港跟哈蒙船长结婚。婚礼过后，他就搭乘自己的船到中国去了。我跟父亲则回到了'四云庄'。

"关于这件事谁也不知道，甚至连爱米莉也蒙在鼓里呢！父亲一再叮咛我，直到母亲的病好，绝对不能对她提起这件事情。很可惜母亲并没有好过来，三个月后就去世了。

"我的母亲很安详地度过了最后三个月。每次想到这里，我就认为自己所做的事情很有价值。哈蒙船长说，那年的八月他就会回来带我走，我每天都很苦恼地等着，但他始终没有回来。

"自从那一次，我们就再也没有听到过他的消息。我甚至认为他已经不在这个世界了呢！可我每天仍会对自己说：'他很可能今天就会回来……'"

说到这里，琳达挥泪如雨，甚至哭倒在地。亚兰感到苦恼，茫然若失。他认为再也不能使她苦恼不已啦，他以公平无私的友人立场冷静地对她说："你不知道哈蒙船长是否还活着吗？我想你的父亲一定知道。"

琳达摇摇头说："哪儿的话，我父亲根本就不晓得呢！我们甚至不晓得哈蒙船长是否有其他亲戚，他家人居住在哪里以及他搭乘的那条船是否真是他自己的。我认为——只要父亲认为哈蒙船长死了，他就能感到好受些；但是父亲并不这样想。他认为哈蒙一直存在，他的脾气一向没有准绳。啊——对于自己的不幸我是可以忍受的，可每逢想到给你带来的不幸，我就会……

"我做梦也想不到你会喜欢我。我一向很寂寞，因此，我很感激你的友情——你能不能原谅我呢？"

"琳达，对于你的事情，没有什么原谅不原谅的！"亚兰很沉着地说，"你没有对我做过什么坏事，我是全心全意地爱你。对我来说，这种爱是神的恩赐呢！我很想帮助你。一想到你的立场，我的心就疼起来！但很遗憾，我无法为你做任何事——我再也不能到这里来啦，你懂得我的意思吗？"

"嗯……"她把视线移到亚兰那边时，悲凄的眼神隐藏着叫人意外的事实。这个事实叫他感动，那就是她真的爱着他。如果没有所谓的空虚的婚姻形式，他必定能够跟她结婚。

然而，这更加深了他的痛苦！到目前为止，亚兰并不知道所谓的凡人，必须忍耐这种悲惨，痛苦地活下去。很多的质问已经溜到了他的嘴边，可为了琳达着想，他并没有说出来。

"好吧，再见啦！"他伸出了手。

"再见……"她以颤抖的声音回答。

等他走了以后，她就把身子横在泉水旁的苔石上面，由于寂寞与凄惨，自暴自弃地痛哭起来。

亚兰踏上了归途，感到苦恼与憎恨。安东尼船长为了掩饰自己的罪行，竟然牺牲了自己的女儿。虽然琳达一直隐瞒她已婚的事实，但亚兰并没有丝毫的抱怨。他认为应该被责备的人是安东尼船长。身为琳达的父亲，竟然一次也没有向亚兰警告过他不能跟琳达结婚，因为她已经是有夫之妇了。

其实，就算安东尼船长真这么说，亚兰也不见得会相信。时至如今，亚兰才真正理解船长眼中闪耀的那种狡黠光彩的含义。

亚兰回到了牧师馆，发现爱尔达·多利文正在他的书斋里。善良的爱尔达的面孔上挂着一抹散不开的愁云。他是为一件不愉快的事情而来的——他听说这位年轻的牧师正跟"四云庄"的人亲近，教友们都在谈论这件丑闻，所以抽空前来向亚兰提出忠告。

如果是一天前遭受到干涉的话，亚兰说不定会感到愤怒；可到了现在，他再也不会愤愤了，只是心不在焉地聆听着。大难当前，人们再也不会去注意那些小节了。

"我可以答应你，不会再到'四云庄'了。"爱尔达说完他的话后，亚兰就以揶揄的口吻说。爱尔达虽然感到自己受了冷遇，心里却放下了一个重担，走了回去。

"想不到，他那么爽快就答应了！"爱尔达这么想着，"我认为那并不是什么了不得的大事。那些话都是伊莎贝儿说出来的——我想，她一定夸张了不少。亚兰真正的意思，或许只是想奉劝安东尼船长进入教会做礼拜吧。然而这是很愚蠢的事情，他一定办不到的！只是徒然使风言风语传得更厉害罢了！以后不去那儿是最好不过的了。亚兰是个好牧师，一向非常努力地做事，但不要做得太过头啊！我想——他今天已经很累了吧？"

自从亚兰不再到"四云庄"后，雷斯顿的蜚短流长立刻就消失殆尽了。一个月后，安东尼船长的年老女管家走到了雷斯顿街头，进入了牧师馆，风言风语立刻又蔓延开来。

安东尼船长的管家爱米莉，并没有在牧师馆逗留很久。一些从窗户偷窥的人们和姐琵夫人都猜不到她的来意。

爱米莉被引入书斋后，就以非难的面孔凝视着亚兰。书斋只剩下她跟亚兰时，她就以不悦的口吻说："亚兰先生，你为什么不再来'四云庄'了呢？"亚兰感觉到很狼狈。

"爱米莉，你去问琳达小姐吧！"他很平静地说。

"我已经问过那孩子啦！可她什么都不说。"爱米莉的眼睛燃烧着怒火。

"我以为你是典型的绅士，你呀！"她有点儿懊恼地说，"原来，你根本不是什么绅士，你叫琳达日益憔悴呢！她仿佛一缕幽魂飘飘荡荡，日日夜夜都痴痴迷迷的。你到'四云庄'使琳达爱上了你——嗯……我亲眼看过你俩亲密的场面。然后，你就有如敝履一般抛弃了她！"

亚兰靠在桌子的一旁，毫不畏惧地看着女管家。"爱米莉，你全盘弄错啦！"他很认真地说，"我是真心真意爱着琳达小姐。如果能够跟她结为夫妻，我会感到三生有幸。你不应该针对这件事情一味地非难我——只要你去问琳达小姐，她一定会告诉你的！"

看了亚兰的表情，听了他的语气，爱米莉同意了他："到底是谁的错呢？是琳达吗？"

"我俩都没有错。"

"那么，错在船长啰？"

"事情并非你想象的那样——反正，我再也不能告诉你什么啦！"

困惑的表情横扫过爱米莉的面孔。"又是一团谜！'四云庄'一直都有叫人困惑的谜——但我一直被排斥在谜团之外。说来说去，琳达还是不信任我——为了救她，我甚至可以不惜这条老命。谁知我的忠诚还是白费了，她还是信不过我呢！你不再到'四云庄'，琳达也叫你不要再光临——所有的一切是否都是安东尼船长在搞鬼呢？"

亚兰摇了摇头："哪儿的话，这件事情跟老船长无关。"

"那么，你为什么不再来了呢？"

"那并非意志的问题。我是不能去的！"

"既然如此，琳达小姐一定会感到非常悲哀的。"爱米莉以绝望的口吻说。

"不会的！她对这件事情有着很坚强的意志。她能支撑过去的。你就尽量帮助她渡过难关吧！但是，你别逼问她！否则，她一定会很难过的。如果你想知道所有事实的真相，就柔和地问她吧！就算她不想说出来，你也不要责备她。请你尽量对她好点儿。"

"你不必跟我说那些话，我是绝对不会伤害那个孩子的。我只是气愤你不负责任的行为罢了！来到这里以后——我发觉非难你一个人是绝对不公平的，原来，你也同样地遭受到了感情的煎熬——关于这一点，我可以从你的脸上看出来。

"既有今日，何必当初呢？如果你没有来到'四云庄'就好啦！那孩子以前也不幸福，但是，绝对没有现在凄惨。啊……

我知道一切都是罪魁祸首的安东尼造成的。既然你闭口不答，我也懒得再问你啦！你认为……这个问题没有办法解决吗？"

"我认为没有。"亚兰苍白着面孔回答。

秋天静悄悄地过去了。亚兰也逐渐领悟到——不管一个人如何痛苦，都能够继续工作，苟延残喘地活下去。正因为这样，工作也就变成了他精神寄托之所在，他开始把全副精神投入到工作里。

因为工作过度，亚兰消瘦了，两眼凹陷。妲琵夫人不断向他提出忠告，建议他好好休息。对于这种友善的劝告，亚兰只是报以微笑罢了！没有了琳达的休假，对亚兰来说，根本就没有意义。

亚兰再也没有看到琳达。最近，他根本就没有再到岸边的任何地方去。虽然这样，他仍然想看看琳达的姿容，听听她黄莺出谷般的声音，以及观赏她星星似的双眸。

每当他想到琳达要离开"四云庄"时，心灵就倍受煎熬，就会陷入绝望之地，把自己的双手攥得紧紧的。每当知道哈蒙随时有回来的可能时，他想——到时自己绝不可能有勇气面对他。

亚兰尽量排除哈蒙回来的可能性——他认为哈蒙可能已经死掉，或者已流浪到遥远的地方去了。哈蒙的生死之谜恰如一缕亡魂，老是把亚兰与琳达隔开。不过，亚兰很少想到自己的痛苦，只是一味地考虑琳达的。如果能够使她从哈蒙的控制下获得解放，他宁愿为琳达承受全部的痛苦。

如今，琳达爱上了别的男子，苦恼无形中增加了许多；然而，

他一点忙也帮不上，想到这里，亚兰就更加憎恨自己的无力。

十一月下旬的某个夜晚，亚兰掷掉了手中的笔，任凭内心的冲动，悄悄来到了湖岸。

他并不存心找到琳达——他一心一意想到不可能再遇见她的岸边。十一月的暴风相当强烈。他一面跟强风暴雨苦斗，一面在山路前进，如此一来，竟然给了他一种满足感。他知道伊莎贝儿正在牧师馆里，当然也就不想去面对她了。自从他知道伊莎贝儿给琳达写了那封信后，他就对她忍无可忍了。表面上，他只能尽量抑制自己的轻蔑之心，仍然对她保持应有的礼貌。或许，伊莎贝儿已经察觉到这一点了吧，她已经不像以前那样整天黏着他不放了。

到了暴风雨的第二天，大地正刮着强烈的东北风，天空不断地下着毛毛雨。亚兰在暴风雨袭击湖岸时，毅然走到了暴风雨里。刚开始，一层浓雾笼罩着湖面，不能看到湖水；浓雾消失后，他对于展现在眼前的光景感到惊讶，立刻停止了脚步。

他的对面有所谓菲利普海角的低洼长岛，它延伸到东北部时，逐渐变小，变成了由流沙所形成的两个狭长沙洲。亚兰惊讶地看到了一艘双桅帆船正沉没于两个沙洲之间。船体已经完全沉入水里，有一个人正紧抓着操作杆。暴风雨中，海角消失于视线之前，他只看到了这幅光景。

亚兰毫不迟疑地转过身子，朝向"四云庄"奔跑。绕着海角到那儿只有四分之一英里的路程。只要安东尼船长帮忙，一定能把那个人救起来。除了船长，天黑之前，根本就无法找到任何人来帮忙。亚兰奔上"四云庄"的石阶时碰到了爱米莉，后者快速地为他开了门。她的背后跟着惊讶而苍白着面孔的琳达。

"船长在吗？"亚兰喘着气问，"菲利普海角有一只船沉没了，里面还有一个人。"

"船长出去航海了，不在家，"爱米莉毫无表情地说，"三天前他就出去了。"

"这么说，什么救助工作都无法进行？"亚兰很绝望地说，"等我回到雷斯顿时，天就会完全黑下来了！"

琳达在头上缠了披肩，走了出来，说道："我们到海角看看吧！亚兰，你有火柴吗？爱米莉呀，你带一些火柴过来吧！还要燃起一堆篝火才行。还有，请你把爸爸的望远镜带过来。"

"这种夜晚，你不宜出门，"亚兰很担心地说，"你就留在家里吧！你在这里感觉不出来——那儿正刮着暴风呢！"

"我才不怕暴风雨呢！好歹，它不会使我心灵受创。我们快走吧，天就要黑了！"

三个人默默地走到湖岸，绕过海角，走上了小径。一伙人抵达菲利普海角的对面时，暴风雨暂时停了下来，可以很清楚地看到沉没的帆船，以及那个抱住操纵杆的人影。琳达挥手时，那个人也对她挥手。

"那个人既然看得到我们，我想不必再燃起篝火了，如果要去叫村子里的人来帮忙，非得等到明天早晨不可！难道，那个人能够支撑那么久吗？气温越来越低了，他一定会冻死的！如果会游泳的话，他就能游到岸边来；但是，靠近岸边时最危险呢！那儿有流沙，很容易被逆流冲走，而且人在十分疲倦时，根本就不可能逆着水流前进啊！"

"关于这件事，想必他也非常清楚。被发现之前，他根本就不敢游到岸边啊！"亚兰说，"我就到那儿去接他，把他拖过来。"

"这样你的生命会很危险呢！"琳达嚷叫了起来。

"确实有一点，但是不至于太危险。总而言之，我必须试一试。"亚兰说。

突然间，琳达失去了冷静，开始搓动两手。"我不能让你去冒这种危险！"她粗暴地嚷叫了起来，"这样的话，你可能会溺死的！实在太危险了，你不知道那逆流的力量有多大！亚兰，你千万别做傻事。"

她用潮湿的双手抓住他的手腕，看着他的面孔恳求着他。

到现在为止，没有说过一句话的爱米莉突然沙哑着声音说："琳达说得很对，你不必为一个陌生人赌命。我认为应该到村子里求救。琳达与我就在这里生火，在这里守着。"

亚兰并不去注意爱米莉。他把琳达抓住他的手推开，看着她那张颤抖的面孔。

"琳达，那是我的义务啊！"他很温和地说，"如果说，有谁能够对那个可怜的人做些什么事情的话，我就是唯一能够做到的人。只要小心些，我想不会有事的！"

琳达对他无计可施，发出了微弱的呻吟，把她的面孔转了过去。亚兰进入沸腾的大波涛里时，爱米莉刻满了一脸不同意的表情。风雨转小时，半英里前方的破船和那道人影又出现了。亚兰对那男子做手势——希望对方跳入水里游到岸边，最好在下一波暴风雨来临前，赶紧游过来。

那一瞬间，那个船员似乎无法理解亚兰的意思，不然就是没有如此做的勇气；下一瞬间，他终于从操纵杆那儿跳进了波浪里，游往岸边。

来到逆流的地方时，那个男子被波浪的旋涡吸了进去，伸直了两手后就消失在波浪里。亚兰用手试探着向前游去。他终于抓住了溺水的男子，把他拖回了琳达脚边的沙滩。亚兰因为过度疲惫而步伐不稳，他感到寒冷彻骨，一心只想到溺水的男子。那个男子已经失去了意识，亚兰把自己的上半身俯在那个男子的前胸，这么说道："他还活着呢！我们得赶紧把他抬入屋里，如今该怎么办呢？"

"我跟琳达去把船长的担架抬来！"爱米莉说。她很高兴亚兰平安无事，什么事情都愿意做。

"那样最好啦！"亚兰说，"你们就快去快回吧！"

亚兰并没有看到琳达的表情。如果看到的话，他一定会察觉到她的面孔充满了苦恼而吓一大跳吧。

琳达看了那男子一眼，立刻跟在爱米莉后头跑过去。不久她俩就抬着担架回来了。亚兰跟爱米莉把船员抬到担架上，朝"四云庄"走去。

琳达走在他俩后面，似乎没有意识到抬担架的两个人，只是凝视着担架上面昏迷不醒的男子。

抵达了"四云庄"后，爱米莉跟亚兰立刻把男子带进房间里细心地照料他。琳达毫无表情地烧着热水，找寻刺激剂。亚兰下来时，她什么也没问，只是一味地想着昏迷中的那个男人。

"那个人醒过来没有？"琳达机械地问。

"嗯……他醒过来啦！不过，他的精神很错乱，根本无法判断自己身边的状况，他以为自己还在船上呢。但不久他就会恢复正常的。爱米莉会照料他的。我必须到雷斯顿请艾医生过来。"

"你知道你救的人是谁吗？"琳达问。

"我问过他的名字，他没有明确回答我。"

"告诉你吧，他就是哈蒙船长。"

亚兰凝视着琳达："你是说，他是跟你结婚的那个男人？"

"是啊，难道我会看错人吗？"

艾医生当晚和第二天都待在"四云庄"，他诊断之后认为，哈蒙是由于发高烧以致精神错乱的。

"四五天后他就会恢复正常——要不要我派一个护士来照顾他？"

"不必了，"爱米莉顽固地说，"我可以照顾他——安东尼船长明天就会回来了。"

"你不知道他是谁吗？"医生问。

"是啊，我根本就不认识他。"爱米莉说的是实话。琳达没有向她提起，爱米莉当然就不可能知道他是谁。

"亚兰先生，你很勇敢。"艾医生说，"明天我会再来的。"

整整一个星期，哈蒙都处于精神错乱的状态中。亚兰每天都到"四云庄"。安东尼船长已经回来了,他虽然并不是无礼的人,但一直板着脸,显出很不高兴的样子。亚兰认为他救哈蒙的事情叫船长非常不高兴。

亚兰看到琳达紧张而忧苦的面孔时,胸部感到阵阵痛楚。只有被蒙在鼓里的爱米莉一心一意地照料着哈蒙,艾医生认为她是护士最好的一面镜子。

亚兰认为,只要爱米莉知道哈蒙是安东尼船长的旧友就够了。如果爱米莉知道那个男人是琳达害怕的男子的话,她可能就会奔出病房再也不愿进入了。

某天午后,亚兰来到"四云庄"时,爱米莉跟他在大门口碰面。

"那个人好了很多,"她告诉亚兰,"今天下午他睡得很好,清醒过来时,差不多已经恢复健康了。你就去看看他吧!能说的话,我已经全部对他说过了。他想见见你,安东尼船长到克罗斯港口去了,好吧,你就上来跟他聊聊吧!"

亚兰牧师靠近时,哈蒙面孔对着亚兰,微笑着伸出他的手。"你就是牧师吗?大伙儿都说,你是从大混乱中把我救出来的人。我实在是个不值得拯救的男人,但我仍要谢谢你。"

"我只是尽我个人的本分而已!"亚兰握着对方伸出来的手说。

"我不大懂你的意思,但是能做到这件事的人,可以说非常少。那天跟前一天,我一直都抓着操纵杆。我们原来有五个人,结果其他四个人都被海浪吞噬了。我知道就算单独游到湖岸也

无济于事——我已经没有力气抵挡那些逆流了。我想，我一定折腾了你们很久。那位大婶说，我已经整整说了一个星期的梦话了。我私下想——到我能够站起来走路为止，至少还要一个星期。请你告诉我，安东尼船长到底是什么样的人呢？那位大婶一直闭口不谈这件事情。"

"怎么？你不认识这家人啊？"亚兰吓了一跳，说道，"你的名字不是叫哈蒙吗？"

"是的，我是叫哈蒙没错。我就是亚弗德·哈蒙，是帆船阿尼·M号的一等航海士。"

"什么，亚弗德？我以为你叫法兰克呢！"

"法兰克是我的双胞胎哥哥。我俩实在长得太像啦，就连母亲也认不出来呢。原来，你认识法兰克？"

"哪儿的话！只是这个家族认识法兰克而已！那个姑娘也认为你是法兰克呢！"

"这么一来，连我自己也搞乱啦！不过，我的确不是法兰克，法兰克早就死了。他好可怜，三年前，他在跟海盗格斗时不幸被射死了。"

"什么，法兰克死啦？千真万确吗？"

"当然是真的，他的伙伴把一切都告诉我了。牧师，你到底怎么啦？你就要昏倒似的！"

亚兰急忙喝了一杯水，说道："没有事啦！最近身体有点儿虚弱……"

"那也难怪，你跳入寒冷的海里救我……"

"你别在意。我不但不后悔，还要感谢神呢！"

爱米莉进入房间时，亚兰的一双眼睛发出了闪闪的光芒，很认真地问："爱米莉啊，船长跟琳达小姐什么时候回来呢？"

"听说四点钟就会回来。"说罢，她好奇地端详着亚兰。

"我要去找她！"亚兰很兴奋地说。

他走近琳达时，琳达正带着两只狗坐在枞树下的圆石上面。

她听到亚兰踩到小石子的声音时，毫无表情地回过头，缓慢地站了起来。

"你在找我吗？"她问。

"琳达，我要告诉你一件事情。"

"你是要说，那个人已经清醒过来了，是不是？"

"是啊，他醒过来了。琳达啊，他并不是法兰克·哈蒙，他是法兰克的双胞胎弟弟。他说，法兰克已在三年前死于海盗之手了。"

瞬间，琳达的一对眼眸凝视着亚兰。她知道一切都属实后，再度坐在圆石上面，一语不发地双手掩着面孔。

亚兰为了给她恢复镇静的时间，独自走到了水边。等他回来后，他牵着她的手，郑重其事地对她说："琳达，你一定知道，对咱俩来说，这件事情意味着什么吧？你已经自由了——你能够自由地爱我，你能够自由地做我的妻子。"

想不到，琳达摇了摇头，说道："噢……那是不行的，我不配做你的妻子。"

"你就别说傻话啦！"亚兰微笑着说。

"我并没有说傻话。你是牧师，如果你跟我这种女人结婚，你就完了！你想想看，到时雷斯顿的人会怎么说？"

"琳达，世界并非只有雷斯顿这个地方。上周老乡寄给我一封信，希望我回到故乡的教会布道。那时，我并没有准备接受——现在我却很想去了——咱俩就一块儿去吧！你就不要再想往日的那些阴影了，你可以开始崭新的人生。"

"我不行啦，我办不到！亚兰你听我说吧，正因为我非常爱你，我才不能犯下跟你结婚的错误。那样做的话，将会伤及你的名誉。好歹我还有父亲。我爱着父亲，父亲也一直对我很好。而且啊——还有一件坏事呢！诚如你所知——往日，我父亲曾经犯罪——"

"知道那件事情的唯一的男人，如今已经不在了。"

"我也不晓得是否只有他一个人知道。反正，我是罪犯的女儿，不适合当你的妻子。亚兰，请你别再坚持了。我的想法是绝对不会改变的。"

她的声音具有一种决定性的权威，使得亚兰惊慌失措。他打算恳求，甚至跟她议论；但他说话之前，他俩后面的树枝被分开了，安东尼船长从堤防走了下来。

"我听到你俩所说的话啦！"船长冷静地说，"现在，该轮到我来说几句喽。亚兰啊，你说法兰克·哈蒙已经死了吗？如果是的话，我的一切噩梦都算是过去了——那是真的吗？"

"是他的双胞胎弟弟这么说的。"

"好吧，那么，我就鼎力帮助你吧！坦白说，我非常喜

欢你。当然啦！我也很喜欢琳达；不过那是看在她母亲的份上，我才会喜欢她的。我还是由衷地希望她能得到幸福。三年前，我实在很不愿把琳达嫁给法兰克·哈蒙，可我完全没有办法呀！

"我之所以那样做，并非为了我自己——而是为了我的老婆。现在，一切都告终了，我会倾吐出自己的一切罪行。琳达啊，你说因为自己的父亲不是善人，因而不能跟这位牧师结婚？不错，这个男人并非善人！否则，他怎会使自己的老婆过着地狱般的生活呢？琳达，我坦白告诉你，我并非你的亲生父亲。"

"什么，你不是我的父亲？"琳达惊讶地重复着这句话。

"是啊，你的父亲是你母亲的前夫。你母亲始终没有告诉过你那件事。我说琳达啊，自孩童时起，我就喜欢你的母亲。由于你母亲的家世比我高出许多，我不能获得她的爱。

"你的母亲跟杰姆斯·阿修利结了婚，人们都称他为绅士。的确，他从来不会殴打你的母亲，他在你婴儿时代就死了。一年后，你的母亲就跟我这个粗暴船员结婚，共同度过了十五年幸福的生活。我并不是善良的人，但我尽量给你母亲幸福。世人都认为你是我的女儿呢！琳达啊，你就跟你选择的人结婚吧！然后跟他离开这里。如果你没有异议的话，爱米莉一定会跟你走的。我要回到海上——自从你母亲亡故，我一直向往海上的生活呢！我就要从好的人生中消失了。噢……你别哭呀，我最讨厌看到女人哭泣呢！亚兰呀，你就使琳达的眼泪止住吧！我要回到家里跟哈蒙谈谈。"

安东尼船长消失在海角背后时，亚兰转向了琳达那边。她正在默默地啜泣，面孔上沾满了泪痕。亚兰把她的头靠到自己的肩膀上。

"心爱的人，黑暗的过去已经流逝了；我们的未来充满了希望，一切都会顺利而圆满的。"

她有如孩子般用两腕环绕着他的颈子，两个人的嘴唇紧紧地叠在一起。